二見サラ文庫

アレキサンドライトの正義
～怪盗喫茶は営業中～

狐塚冬里

| Illustration |

巖本英利

| 本文Design |

ヤマシタデザインルーム

C O N T E N T S

プロローグ　平凡な日常の終わり

「ニコ、スマホ鳴ってるよ」

友達に言われて鞄の外ポケットを見ると、スマホはまだ明滅を繰り返していた。

ちょうど電車がホームに入ってくるところで、あまりタイミングは良くない。無視してしまおうかとも思ったけれど、『公衆電話』の文字が気になった。

「ごめん、一本あとの電車にする」

待機列から一歩横にずれた仁子に「待つ？」と聞くものの、麗の目は電車との距離を測っている。中学からの友人だけあって、そこに遠慮はない。先に帰ってて、と鳴り止まないスマホを手にベンチに足を向けた。

誰もいないベンチに座り、ワイヤレスイヤホンをしてから通話ボタンを押す。いたずら電話の可能性も考えて無言で待っていると、『もしもし？』と不安げな声が聞こえた。

『もしもし？　あれ、これ繋がってるのかな……。仁子、聞こえているかい？　お父さんだけど』

「お父さん？　スマホ忘れたの？」

相手の顔が見えないから電話は苦手、という父からかけてくるなんて珍しい。そんな父でもスマホは持っているのに、店に忘れてきたのだろうか。

『ああ、よかった。スマホはいまちょっと使えなくてね』

「そうなんだ。それでどうかしたの？」

『うん。……仁子はいま学校の帰りだね』

「そうだけど……」

春の日差しみたいに穏やかな声の調子はいつも通りなのに、何か違和感があった。

『ピコちゃんの家で遊ぶ時は家の鍵を忘れないようにするんだよ』

え？　と聞き返すと、父はもう一度まったく同じことをゆっくりと言った。よく聞いてきちんと覚えて、とでも言うように。

『わかったかい？』

「うん……」

わざわざ、電話で言うことではない。だからきっとこれは、言葉遊びの一種だろう。

父はよく、仁子たちになぞなぞを出した。子供の頃はもちろん、仁子が高校生になったいまも、いい問題を思いつくと子供みたいな顔をして出題してくるのだ。

出かけた先でいい問題を思いついて、早く言いたいのを帰るまで我慢できずに電話をかけてきたのかもしれない。

『それじゃあ、そろそろ切るよ』

「え、用事ってそれだけだったの？」

思わず問いかけると、うっかりしていたとばかりに父が言った。

『仁子、愛しているよ。千聖と士郎にも伝えておいてほしい』

今度こそ電話が切れた。

言い忘れるも何も、『愛している』は父が毎日何度も口にする言葉だ。朝目覚めた時、家を出る時、そして眠る前。馴染み切った言葉だが、兄たちに伝言を頼まれたのは初めてだった。家に帰ってから、自分で伝えればいいのに。

嫌な予感がして、兄に電話をしようかとも思ったが、次の電車が到着するというアナウンスが聞こえたのでやめた。仁子の予感など当たらない。当たらないと思いたくて、スマホをポケットにねじ込んだ。

電車はまだ見えない。ひとり立ち尽くす仁子の長い髪を、風がふわりと撫でていった。十二月だというのにあたたかな風で、その心地よさに目を細める。何かに似ていると思い、それが幼い日に仁子の頭を撫でてくれた父の大きな手だと気づいた時には、電車がホームに入ってくるところだった。

第一話　盗まれた夢

父が帰ってこない。

毎日、朝七時にオープンする『喫茶モーニング』のドアには、今朝は準備中の札をかけてあった。店内には穏やかなクラシック音楽がかかっていたが、音楽を楽しむ余裕のある者はひとりもいない。

「捜索願い……」

「もう少し待とう」

でも、という言葉を飲み込んだ。長兄の千聖が待つと言うのだから、待ったほうがいいのだろう。

「でも、父さんだぞ」

仁子が言わなかった言葉を、次兄の士郎があっさりと口にする。士郎と仁子は気が長いほうではない。

そんな仁子たちを安心させるように、千聖が淡い笑みを浮かべた。それに、士郎が眉根を寄せる。ふたりとも顔の造形が整っているだけに、ほんの少し表情を動かすだけで空気が華やぐ感じがする。仁子にはこの華やいだ空気が日常なので特別な感じはしないけれど、友人たちに言わせれば『眼福』以外の何ものでもないらしい。

「こんなお兄さんがふたりもいるなんて、奇跡みたいなもんよ」とは、麗の言だ。

「あんたがそのおっきなメガネを外して並んだら完璧なのに」とも言われたけれど、メガネを外したら何も見えなくなるので横に並ぶのもひと苦労だ。それくらい、仁子の視力は悪かった。

千聖はなだめるような口調で続ける。

「父さんだから、だよ。財布は持って行ったんだし、連絡をしてこないのには理由があるんじゃないかな」

「連絡できない状況にあるとは思わないのか」

「その可能性も否定はできないよ。けど、仁子からの伝言もあっただろう?」

——愛しているよ。

今日は日課の挨拶ができないと、父にはわかっていた。

「……わかった。だが、夜になっても戻らなければ捜索願いを出す。いいな?」

「そうだね。それには賛成だ。仁子もそれでいいかな?」

「うん。夜までなら待てる」

いままで、父が自分たちに無断で家を空けたことは一度もない。少なくとも、仁子が知る限りでは。それだけに、一日だろうと無断外泊は心配だった。

「よし。そうと決まれば始めようか」

パンパン、と響いた手の音を合図に、士郎はキッチンに入り、仁子は店内の掃除へと向かった。

今日は土曜日なので、仁子も家業である喫茶店の手伝いをする予定だ。とはいえ料理はからっきしなので、いつもフロアを担当している。

サイフォンが並んだカウンター内には、父の代わりに千聖が立っていた。すぐに珈琲(コーヒー)のいい香りが漂い始める。キッチンからは士郎の小気味いい包丁の音が響き出し、ようやく朝のひとときが戻ってきた感じがした。

千聖の鼻歌は士郎の包丁のリズムに合っていて、それに気づいた士郎が「やめろ」と言っているのが聞こえる。

陽気な千聖にクールな士郎、さしづめ仁子は陰気だろうか。近所でも評判の仲良し三兄妹ではあるが、千聖と士郎と仁子は容姿も性格もまるで似ていない。

千聖は外国の血が入っているといっても頷(うなず)かれそうな色素の薄い柔らかな癖毛に、ヘーゼルナッツ色の少し垂れた瞳、やや厚めの唇はいつも笑みを浮かべている。それに対して士郎は、鴉(からす)の濡(ぬ)れ羽色の真っ直ぐな髪に、同じく真っ黒な切れ長の瞳、薄い唇は冷たい印象を与えがちだ。本当は誰よりも情に厚い……というより脆(もろ)いのは、家族全員が知っている。仁子の腰まである髪も士郎と同じくまっすぐではあるけれど、色は赤茶けているし、黒縁メガネをかけた目はやたらと大きいだけで、ふたりのどちらにも似ていなかった。

似ていないのも当然だ。三人とも、血は繋(つな)がっていない。

三朝(みささ)家の血も、誰ひとり引いていない。仁子たち三人は、幼い頃に同じ施設から別々に引き取られ、三朝家の養子として迎えられた。

血の繫がりがなくても、父と、いまは亡き母こそが本当の両親だと仁子は思っている。だから、一度も義父や義母といった名称を使ったことはなかった。千聖や士郎に対しても、義理の……なんてわざわざつけることはない。これからも使うことはないだろう。

三朝家が仁子の家で、仁子の家族だ。

あたたかいこの家に、きっと父は帰ってくる。「生クリームを買いに行ったらどこにも売っていなくて、随分遠くまで行ってしまったよ」なんて笑いながら帰ってくるに違いない。

そう信じて一日を過ごしたけれど、夜になっても父が帰ってくることはなかった。八時に喫茶店を閉めるとすぐ、千聖が捜索願いを届け出た。

翌日曜日も喫茶モーニングは開店した。父がいなくても当たり前に一日が過ぎていく。

閉店後、仁子は店の掃除をしながら父が電話で言っていたことを思い出していた。

『ピコちゃんの家で遊ぶ時は家の鍵を忘れないようにするんだよ』

幼い頃、仁子は毎日ピコと遊んでいた。けれどそれは昔の話で、仁子がピコと遊ばなくなって随分経つ。父がそれを知らないはずがなかった。

それにピコの家は……と考えていると、コンコンとノックの音が聞こえた。何も見ていなかった仁子の目が焦点を結び、カウンターテーブルを叩いた長い指が見えてくる。

「仁子、それくらいで十分だよ」

千聖に言われ、ようやく自分がずっと同じところを磨いていることに気がついた。おかげでテーブルはピカピカのツルツルになっている。

「お疲れ様。ひと息つこうか」

どうぞ、とココアのカップを置かれて、仁子はカウンターテーブルについた。

千聖の入れるココアは、柔らかめに立てられたホイップクリームがたっぷりと入っていて、見た目も味もとても優しい。ひと口飲むだけで、口元に笑みが浮かぶ。

仁子の横の席に、士郎が音もなく座った。タイミングを見計らっていたように、士郎の前にも仁子と同じココアが置かれる。士郎は見た目から勘違いされやすいが、大の甘党だ。

「父さんの言ったことを考えてたのか？」

「うん。……しろちゃんは、ピコのこと覚えてる？」

「ああ。仁子が大事にしてたうさぎのぬいぐるみだろう」

「懐かしいねえ」

カウンター内から、千聖も会話に加わる。

ピコは、仁子が六歳の時に生まれて初めて買ってもらったぬいぐるみだった。

嬉しくて嬉しくて、どこに行くにも連れ歩いた。そのせいでよく綿が出てしまい、その度に母に直してもらっていた。でも、繕ってくれる人がいなくなってからは、ずっと箪笥の上に座っている。

「じゃあ、ピコの家のことは?」

「覚えてる覚えてる。ひどい出来だったけど、仁子は毎日遊んでくれたよね」

「調子に乗った千聖がどんどん増築していって大変だった」

「それは覚えてないなあ」

千聖はとぼけるように笑って見せる。

ピコの家は、千聖が段ボールで作ってくれたものだった。

迷惑そうに言ってはいるが、当時は士郎も仁子と一緒になってピコの家で遊んでいた。

次はキッチン、次は書斎と増築をせがんだのも士郎なのだが、そこまでは覚えていないらしい。

しかし、段ボールの強度では子供の容赦ない遊び方に勝てず、一ヶ月程度で壊れてしまったはずだ。あの家に遊びに行くというのは、どういう意味なのだろう。

「ちーちゃん、あの家って壊れたあとはどうしたの?」

「捨てたよ。仁子と士郎が見ていないうちにポポイっとね」

千聖は周りがびっくりするほど完成品への愛着が薄い。完成してしまうと興味がなくなるらしい。けれど生み出すまでは人一倍情熱的だ。その性質もあってか、現在は作り上げてもすぐに消すことになる、メイクアップアーティストという仕事についている。

「そうだよね。捨てちゃったよね……」

仁子の声が沈んで聞こえたのか、「千聖……」と士郎が溜息混じりに呟く。

「えええ、ダメだった？　でもでも、ちゃんと代わりは用意したじゃない」

慌てた千聖の声に、え？と聞き返す。

「ほら、壁にドアの絵だけ描いたでしょ。油性マジックで描いたもんだから父さんが焦っちゃって。母さんには秘密だよって指切りしたの覚えてない？」

記憶の蓋が、ゆっくりと開いていく。

『これはまた、しっかりと描いたね』

『だって、ちょうど鍵穴みたいな穴があったんだもん』

『ははは、千聖は目がいいなあ』

『お父さん、ピコちゃんの家のドア、消しちゃうの？』

『いいや、消さないよ。でもこのままだと目立っちゃうからね』

父はすぐ横にあった棚を押して、ドアの絵を隠した。

『これはお母さんには秘密だよ』

まだ白髪が目立たなかった頃の父の、いたずらっ子のような笑みを思い出す。

「地下のストックルーム……！」

言うが早いか、仁子は立ち上がった。

いまのいままで忘れていたが、幼いの頃の仁子は、あのドアの絵の向こうにはピコの家があるのだとずっと信じていた。

父に言われた通り、仁子は家の鍵を持ってから地下に向かった。まさかその鍵でピコの家に入れるとは思わなかったけれど、父がわざわざ言ったからには理由があるはずだ。

三人揃って地下のストックルームに入ると、士郎が例の絵を隠している棚を横にずらしてくれた。記憶の通り、隠れていた壁にやや掠れた小さなドアの絵が現れる。

「懐かしいね」

千聖は仁子に前を譲るように脇に避けている。

「ピコの家に行く時は……」

ぶつぶつ言いながら座り込み、視線を小さなドアに合わせた。

子供が描いたとは思えない、細かなところまでよく書かれたドアだ。よく見ると、ドアノブの下には木の虚のような小さな穴が空いている。この鍵穴に似た形の穴が、千聖にドアの絵を描かせた原因だったはずだ。

「家の鍵はここには入らないよね……？」

確認のために家の鍵を取り出してみたが、案の定、家の鍵は大きすぎて、とてもじゃないがピコのドアの鍵穴には入りそうもない。

「あれ？　仁子、そんなキーホルダーつけてた？」

ひょいっと千聖が横にしゃがみ込んだ。

「いつもつけて……あれ？」

家の鍵には、革製の犬のキーホルダーをつけている。これもまた、子供の頃に母からもらったもので、十年の時を経て革の色がすっかり濃くなっていた。

「首輪なんてつけてなかったのに」

犬の首には細いチェーンが巻かれ、花のモチーフがついていた。

「ちょっと見せて」

千聖の手に鍵を載せる。矯めつ眇めつ眺める姿は、まるで宝石の鑑定でもしているかのようだ。検分を終えると、千聖は「ははーん」と笑った。

「昔から思ってたんだよね」

「何を」

勿体ぶったように言う千聖に、士郎が間髪入れずに聞く。その平坦な口調にも慣れっこで、千聖は口角をきれいに上げた。

「鍵穴の形って、花に見えるなあって」

くるん、と手の中でキーホルダーを回す。

「いいかい、仁子」

小さい頃から、千聖はよくこう言った。何か面白いこと、魔法のようなことを見せてくれる時に。

「マメの首についている花を、ピコの家の鍵穴に入れてごらん」

仁子の手に犬のキーホルダーが返される。密かにマメと名付けていたのを知られていたことに驚きながらも、言われた通りに小さな花飾りを鍵穴にそっと差し込んだ。パズルのピースのように、花はピタリとはまった。

「……何も起こらないね」

「そうでもないみたいよ？」

え？　と横を見ると、千聖は士郎を見るようにと視線で促す。

「ここからだな」

視線を巡らしていた士郎が、壁の一部に手を当てた。

「何か聞こえたわけだ」

士郎が小さく頷く。仁子には、何も聞こえなかった。けれど、士郎には違ったようだ。

絶対音感とはまた違うようだが、士郎は普通の人の何倍も耳が良い。そのことで何度驚かされたかわからない。さらに驚くべきことには、士郎は一度聞いた音を忘れないらしい。

「仁子、念のため少し離れていようか」

手を取られ、二歩ほど後ろに下がる。士郎、と千聖が促すと、士郎は手を当てていた壁板をぐっと押した。その途端、なんの切れ目もないように見えた壁板の一部が回転する。

壁の向こうには、本当にピコの家があったのだ。

「お父さん……！」

思わず飛び込もうとしたが、長い腕にあっさりと捕まった。

「こーら、何があるかわからないでしょ。まずは士郎が安全確認してから」

「なんで俺なんだ」

「そこはほら、武闘派の出番かなって」

「自分だって有段者だろ」

文句を言いながらも、士郎は部屋の奥に入っていく。焦(じ)れている仁子の気持ちはわかっているとばかりに、通り過ぎざまに頭をぽんと撫(な)でられた。

「暗いな……」

ドアの向こうは暗闇が広がっていた。壁を探っていた士郎の手が明かりのスイッチを探り当て、ようやく中の様子が明らかになる。覗(のぞ)き込んで見えた範囲では、六畳ほどの書斎といった雰囲気だ。

「刺客とか隠れてない？」

「忍者屋敷じゃないんだぞ」

千聖の問いかけにぎょっとしたけれど、何を心配されたのかはわかった。この隠れ部屋にいるのが、父だとは限らない。呆(あき)れたように言う士郎も、目は真剣だ。

「どうやら無人だな。父さんもいない」

「残念。大掛かりなかくれんぼじゃなかったわけだ」

ようやく許しを得て、仁子も部屋の中に踏み込んだ。

四方を壁に囲まれた、小さな部屋。天井はやや低い。仁子は問題ないが、長身の千聖や士郎は少しジャンプしただけで頭を打ちそうだ。本棚と机、簡素な椅子しか家具らしきものはない。それだけなら、初めの印象通りただの書斎だと思えた。問題は、壁だった。

「これはまた、変わった趣向の飾り付けだね」

茶化しているが、この壁が何を物語っているのかは千聖もわかっているはずだ。

中央には母の写真。そしてその写真から蜘蛛の糸のように赤い糸が伸ばされ、新聞の切り抜きや見知らぬ人の写真、何かのメモと結び付けられていた。

「こういうの、海外のミステリードラマで見たことある」

探偵が推理をするのに、この壁と同じようなことをしていた。その際、中央にあったのは被害者の写真だったはずだ。

「この人……」

人がたくさん写っている写真を見ていた千聖が小さく呟く。もしかしたら、仁子も昔に見たことのある人たちなのかもしれない。それを忘れてしまっているだけで。けれど千聖は違う。

千聖は、一度見た人の顔を忘れない。写真であろうとテレビに一瞬映った姿であろうと、決して。

母の写真から伸びた糸のひとつを指で辿っていくと、とある新聞記事に繋がっていた。その記事を、仁子は知っている。当時、この炎上する車の写真を、嫌というほど目にした。貼られているメモには、母が乗っていたレンタカーのナンバー、車を借りた時間、事故のあった時刻などの情報が書かれている。どの数字も、仁子はすべて記憶している。忘れられるのならどんなによかったか。

千聖は人の顔を忘れない。士郎は音を忘れない。そして仁子は——数字を忘れない。

昔から、それが数字ならばたとえ何桁であろうと、一瞬目にしただけで暗記することができた。なぜ、そんなことができるのかはわからない。けれど、すべての数字には色がついて見え、その色合いを見ると、覚えようとしなくても記憶してしまう。

この特殊な体質は、実父に入れられた施設で判明した。三朝の母は仁子の得意技は活かさなきゃと、熱心にコンピューターについて学ぶことを勧めてくれた。そのおかげで、頭の中に溢れる数字と仲良くなることができた。その手段を教えてくれた母は、もういない。

視線を外せずにいると、左右からふたつの手が伸びてきて仁子の視界を覆ってくれた。つらい記憶から仁子を守るように、そっと。

「父さんは、受け入れられてなかったのかもな」

「……見ているこっちが恥ずかしくなるくらいのおしどり夫婦だったからねえ」

五年前、母は交通事故で亡くなった。初めてのひとり旅だとワクワクを隠せない様子で家を出た、あの少女のような笑顔をはっきりと覚えている。それが、最後の別れだった。

母の借りたレンタカーは、山道のカーブを曲がり切れずガードレールに衝突。そのまま崖に転落し、炎上した。

警察は母の運転ミスによる事故と判断したが、父は認めなかった。車の運転には人一倍気をつけていた母が、急な山道でスピードを出すはずがない。何か別の要因があったはずだと父は懸命に訴えたが、後ろを走行していたドライバーの「危ない運転だと思い、距離を取っていた」という証言もあったことから、事故として片付けられた。

遺体の損傷が激しく、面会を許されたのは父だけで、仁子たち三兄妹はお別れも言えなかった。

ある日突然消えてしまった家族。あまりの現実感のなさに終止符を打ったのは、お葬式という儀式だった。あれは、残された者のためにある。

「事故じゃ、気持ちのやりようがなかったのかもしれない」

「どういう意味？」

ここにある資料は、まるで母の死が事故ではなく事件であるかのように物語っている。少なくとも父は、母の死に不審なものを感じていたのではないか。そう疑うだけのものが揃っていた。

「誰か戦う相手がいないとつらいことってあるでしょ」

「答えが出ない問いをし続けるのはつらいからな」

「だから父さんは悪者を探そうとしてた……のかもね」

冗談めかした口調だったけれど、千聖の瞳は優しかった。

「まあ、こればっかりは本人に聞かないとわからないけど」

「聞こうにも連絡も取れないからな」

「そうだね。……どうしていまになって、この部屋の存在を仁子にほのめかしたのかも聞きたいところなのに。まあ、とりあえず今日のところはここまでにしよう」

千聖も士郎も早々にこの部屋を出ようとしたが、仁子は動けなかった。父からのメッセージを、まだ正しく受け取れていない気がして。

「……もう少し、ここにいてもいい?」

兄ふたりは静かな笑みを浮かべるだけで、何も言わずに部屋を出ていった。

ひとり残された仁子は、壁に貼られた母の写真を見つめた。弾(はじ)けるような笑顔を浮かべたそれは、いつ撮られたものかわからない。

「お母さん……」

父は、ここでひとり何を思っていたのだろう。

溜息をひとつつき、何気なく机に触れる。引き出しを開けてみると、中にはすごい量のメモが散乱していた。

メモにはどれも見覚えのある父の字で、珈琲豆の注文や新メニューと思しき走り書きなどがされている。この部屋が、過去に囚われただけの部屋でなかったとわかり、ほっとした。

微笑ましい気持ちでメモを手に取っていたら、メモの中に小型のノートパソコンが埋もれているのを見つけた。スマホですら持て余していた父が、パソコンを?

シルバーのパソコンは性能の良さが売りのメーカーのものだった。理性に好奇心が勝ち、机についてノートパソコンを開く。IDとパスワードを求められ、数秒考える。

「お父さんなら……」

あまり凝ったIDを考えるとも思えない。ここはシンプルに『三朝知樹』のイニシャル『MT』を入力した。本当なら『TM』にするところだが、父は苗字名前の順番にこだわりがある人で、英語で名前苗字になるのを嫌っていた。だから敢えて『MT』にした。パスワードは手始めに父の誕生日を入れてみる。

すぐに、IDかパスワードが間違っているというメッセージが表示された。

あと三回試して駄目だったら、兄たちに事情を話してパソコンを持ち出そう。

一般的に、五回パスワードを間違えたらロックがかかってしまう可能性が高いから、というのもあるが、三、という数字にも意味はある。三は、三朝家ではよく使われる数字だ。苗字に三がつくからという理由に他ならないが、何かのキリをつける時は三回と家族全員暗黙の了解みたいにしているところがある。そのルールに則り、仁子もあと三回と決めてパスワード解読に挑んだ。

一回目、父と母の誕生日を並べて入力。エラー。

二回目、両親の結婚記念日。エラー。

三回目、迷った末に、千聖、士郎、仁子の誕生日をすべて入れることにした。これで駄目なら諦めよう、とエンターキーを押すと、パッと画面に淡い紫色の花が表示された。パソコンの壁紙に設定されたその花のインパクトが強く、ログインできたのだと実感するまでに数秒かかった。

「この花、なんだっけ」

喫茶店の表にある小さな花壇で咲いているのを見たことがある。あの花壇の花々は、もともとは母が鉢植えで育てていたものだ。父が喫茶店を始める際、鉢植えから花壇にすべて移植した。あとで調べようと、画面の写真をスマホで撮っておいた。

さて、とようやくパソコンの中身に取り掛かる。パッと見にはこれといって珍しいものはなかった。入っているソフトは有名なものばかりで、購入後何もしていません、といった顔をしている。それなのに、パソコンのスペックは最高クラス。そのちぐはぐさに一層興味を掻き立てられた。

「きっと何かあるはず……」

無意識に、ずれてもいないメガネを掛け直す。何かを見つけるまでは引き下がれない。

父が千聖でも士郎でもなく仁子にこの部屋を見つけさせたのは、このパソコンを調べさせるためだったに違いないと、いまは思う。仁子がふたりより得意なものなんて、それくらいしかないのだから。

「待ってて、お父さん」

必ず見つけ出してみせる。仁子はコマンドプロンプト画面を出すと、普段ののんびりした動作からは想像もできない速さでキーボードを叩き始めた。その音を、一階の喫茶モーニングで見たちが聞いているとも知らずに。

ブー、ブー、という鈍い音に、仁子は慌ててスマホを取り出した。目覚ましが鳴っている。

「もう六時……？」

父のノートパソコンの中にとあるファイルを見つけてから、パスワードの解除に暗号の解読と、夢中になりすぎて時間を忘れていた。一睡もしていないと自覚をすると、急に眠気に襲われる。けれど、今朝は寝直している場合ではなかった。見つけたものについて、兄たちに話さなければならない。

「でも、どうやって伝えよう……」

「モーニングでも食べながら話せばいいんじゃない？」

ひとり言に当たり前のように返されて、ぎょっと後ろを振り返る。ドアのところにはエプロン姿の千聖が立っていた。コンコン、といまさらノックをして見せる。パソコンを調べていたのなど、とっくにバレていたようだ。

「おはよう、仁子。今朝は士郎作のエッグベネディクトだよ」

おはよう、と言い返しながら、パソコンを持ってお説教前の子供みたいにすごすごと千聖のあとについて行った。

まだ開店前なのに、喫茶ルームにはベーコンの香ばしい香りが漂っている。

住居部になっている二階にもキッチンとダイニングがあるのだが、お店が閉まっている時は喫茶店のカウンターで食事をするのが三朝家の習わしとなっている。

仁子が席につくと、すぐにテーブルの上に大きなプレートが置かれた。みずみずしいサラダに仁子の大好物、エッグベネディクトが載っている。新鮮なベビーリーフのサラダには、グレープフルーツを使ったお手製ドレッシングがたっぷりとかけられていて、水分を欲していた身体に食欲が湧いてくる。こんがりと焼かれたイングリッシュマフィンも士郎が手作りしたもので、そのもちもちとした食感は一度口にすると忘れられない。イングリッシュマフィンに載せられたカリカリのベーコンと絶妙な半熟具合の卵には、黒胡椒（くろこしょう）の効いた特製の卵マヨソースがかかっている。

「冷めないうちに食べろよ」

三朝家では、朝ご飯は顔を洗ってから、家族全員が揃ってから、なんてことは言われない。ご飯は一番美味しいタイミングでいただくのがルールだ。

差し出されたナイフとフォークを受け取り、まずはフレッシュサラダをひと口。グレープフルーツの酸味とほんの少しの苦味が爽やかに口の中に広がり、笑みが零（こぼ）れた。それをカウンター内で見つめている士郎の唇もまた綻んでいる。

ベーコンの上でぷるぷる震えている半熟卵にナイフを入れれば、とろりと濃厚な黄身が溢れ出す。それを卵マヨソースと共にたっぷりマフィンにつけて、口いっぱいに頬張った。

「……おいひい」

幸せの味とは、こういうことを言うのだと思う。ハムスターのように頬を膨らませていると、横から湯気の立つカフェオレを差し出された。

「仁子はほんと、美味しそうに食べるねえ。士郎、僕のもちょーだい」

「さっき食べたのはなんだったんだ」

「あれは前菜的な？」

すらりと細身のくせに、千聖は人の倍は食べる。まったく、と呟きながらもおかわりがすぐに出てくるあたり、士郎も用意がいい。

「それで、何を見つけたんだ？」

仁子があらかた食べ終えた頃、おもむろに士郎が切り出した。視線はカウンターテーブルの脇に置いておいたノートパソコンに向けられている。

「机の引き出しにこのパソコンがあったんだけど、中に気になるファイルがひとつ」

正確に言えば、通常時は見えないように設定されていた隠しファイルだ。ファイル名は【g_list.txt】で、テキストファイル形式だった。一見なんの変哲もないピクチャフォルダのサイズが、中に入っているファイルの合計容量より多かったことから見つけることができた。

「中身は？ 仁子のことだから当然、開けたんでしょ？」

にやり、と千聖がチェシャ猫みたいな笑みを浮かべる。ファイルにパスワードがかけられていたことも、それを仁子が徹夜して解除したこともお見通しの笑みだった。

「中身は、これ」

「……なんだこの数字は」

ノートパソコンの画面を千聖と士郎に見えるように向けると、士郎が眉根を寄せる。

暗号化されていたものを復号したところ、この数字の羅列が現れた。一桁の数字のあとに半角スペース、次に十二桁の数字が並び、コンマ。この繰り返しだ。

「コンマごとに改行すると、こんな感じ」

見やすい形式に整えたファイルを見せても、兄たちの頭の上にはクエスチョンマークが浮かんでいる。

「頭の数字は何かのフラグかカテゴリー分けに使われてるんだと思う」

フラグとは、何かの条件を満たした場合の目印のようなものだ。冒頭一桁はゼロか1しかなく、カテゴライズに使われている場合は、ふたつのグループに分けられることになる。

「この数字がまた暗号か何かで文章になったりしたりして」

「その可能性もないとは言えないけど……」

十二桁でひと塊だろうと、仁子はほぼ確信していた。数字のひとつに、見覚えがあったからだ。一度見た数字を、仁子が間違えて覚えることはあり得ない。そして、十二桁の数字がピタリと一致する確率は宝くじで一等が当たる確率並に低い。

「仁子は、この形が完成系だと思うわけだ？」

「……うん」

「なるほどな。この数字がそのまま何かの番号やＩＤだったとして、父さんとどう関係あるんだ？」

「そうだねえ。例えばー、ほら。この喫茶店始める前は父さん銀行員だったから、それに関係する何かとか？　融資担当の顧客番号とかどう」

「家のパソコンにそんなもの入れておくか？」

「おかないね。漏洩したら首が飛ぶだけじゃ済まない」

千聖はあっさりと首を横に振る。

「かと言って、他にこんな数字使いそうなことに心当たりある？」

「俺にはない」

「そりゃね。数字と言えば仁子でしょ」

仁子の体質については、千聖も士郎もよく知っている。

「もう少し、調べてもいい？」

勝手にパソコンを調べた上にさらに深追いするなんて……と普通なら反対されるところかもしれないが、千聖と士郎は違った。

「いいんじゃない？」

「仁子の気がすむようにしたらいい」

ただし、とふたり同時に口にする。

「「危ないことはしないこと」」

放任主義なのか過保護なのか。ひとまず神妙に頷いておいた。

「さてさて、それじゃあ学校に行く支度をしておいで。その間に車を回してくるから」

喫茶店兼自宅の裏にも駐車場はあるけれど、そこには仕入れ用に使う車を停めてあり、千聖の車は数軒先の駐車場に停めてある。

「ちーちゃんもう出るの？　いつもより随分早いね」

「僕はまだ行かないよ。寝不足の妹君を学校に送っていくだけ」

「え、大丈夫だよ。一日徹夜したくらい……」

「ダメダメ。寝ぼけて線路に落ちたりしたらどうするの」

「そういう千聖は徹夜で運転なんかして大丈夫なんだろうな」

「まーかせなさい。お兄ちゃんは三徹までは余裕です」

「徹夜……？」

もしかして、昨夜なかなか戻ってこなかった仁子を心配して、千聖も起きていてくれたのだろうか。よく見れば、千聖だけでなく士郎の目も少しだけ赤い気がした。付き合わせてしまったことを謝ろうとしたけれど、仁子が何か言うのを察したように千聖がにこっと笑ってみせる。

結局、千聖に送ってもらうことになり、車内で仮眠を摂ることができた。代わりに、非常に目立つ登校にはなったけれど。

教室に入ると同時に、大きな溜息が漏れた。今度千聖に送ってもらう時は、もう少し学校から離れた場所で降ろしてもらおうと心に誓う。

「おはよ。今日はまた派手なご登校で」

からかうように声をかけられて、ほっとした。こそこそされるよりも、直接聞いてもらえたほうがずっといい。

「おはよう、麗」

「千聖さん、相変わらず目立つね。クラスの女子、きゃーきゃー言ってたよ」

「あはは……。徹夜はしちゃだめだなって反省してる」

「徹夜？　そんな難しい宿題じゃなかったと思うけど」

「宿題……？」

「完全に忘れすぎでしょ。数学よ数学」

これだから推薦組は、とわざとらしい溜息をつかれた。それでも、仁子が教科書を出すとすぐに、「このページのここからここまで」と宿題の場所を教えてくれる。やってきた宿題を見せるのではなく、一緒にやってくれる麗のスタンスが仁子は好きだった。

「それで？　宿題じゃないならなんで徹夜なんかしたの？　海外ドラマにでもハマった？」

「暗号の解読に手間取って」

「は？　暗号？　なんの」

聞き返されて、ハッと手を止める。数学の問題を解くのに夢中になって、うっかり口が滑ってしまった。正直に言えるはずもなく、ごまかし方もわからなくて再び手を動かす。

「また数独でもやってたの？」

笑みを含んだ声に、ちらりと視線を上げた。どうやら、沈黙は数式に夢中になっているせいだと受け取ってもらえたらしい。

嘘をつくのも気が引けて、返事ともつかないうめき声みたいな声が出た。

「ほんと、ニコは数学好きね。ま、好きじゃなきゃ理学部なんか選ばないか」

そう言う麗も、第一希望は仁子と同じ大学の同じ学部だ。仁子のほうがひと足早く推薦で進学が決まってしまっただけで。

高校三年の十二月ともなると、教室内はピリピリとした空気に包まれていたが、麗は成績優秀なだけあって余裕が窺えた。推薦組の仁子と気楽に会話できているのが、その証ともいえる。友達が少ない仁子には、本当に有難い存在だ。

「そういえば、見てよこれ」

顔を上げると、ピカピカの免許証が見えた。

「あ、合格したんだ！　おめでとう！」

「ありがとう。思ったより取るのに時間かかっちゃったけどね」

麗は五月の誕生日後からすぐに教習所に通い出し、確か昨日が試験だったはずだ。

「麗って運転中はメガネなんだね」

「あー、うん。視力落ちちゃって」

写真を指摘したせいか、麗は照れたようにさっと免許証を引っ込めてしまった。黒縁のメガネは仁子のものと少し似ていて、ちょっと嬉しいと密かに思う。

「あと五分でチャイム鳴るよ」

ほら、とノートをシャーペンの先でつつかれた。そのシャーペンは仁子と同じメーカーのもので、一瞬あれ？と思う。お揃いで買った覚えはないので、偶然かぶったのだろう。趣味まで近いなんて、ほんといい友達に恵まれたものだ。

ひとり幸せに浸りながらも、仁子の手はよどみなく、数式の答えをノートに書いていっていた。


その日の夕食は鍋だった。

白菜と豚バラをミルフィーユ状に並べたシンプルな鍋なのに、士郎特製の濃厚なごま油のネギだれと共に食べると、無限に白米が進んでしまう代物だ。

鍋はこたつで、という千聖の主張により、仁子たちは二階のリビングで鍋を囲んでいた。

「はー、冬はやっぱり鍋だねえ」

「千聖が言うと年寄り臭いな」

「なんでよ！　まだまだピチピチだよ！」

「ピチピチ……？　魚でもないのに？」

「おっと、まさかそこから？　ジェネレーションギャップが胸に刺さるわあ」

言葉とは裏腹に、千聖はまったく気にした様子もなくもりもりと白菜を胃に収めていく。

一体、あの細身のどこに入っていくのか。その気持ちのいい食べっぷりに、士郎の口元も心なしか綻んでいるようだ。

穏やかな夕食の風景。ここに、ほんの数日前までは父がいた。あまり意識しないようにしていたけれど、こたつの一面が空いているのはやはり淋しい。

父は、どこにいるのだろう。何かに巻き込まれているのか、何を調べていたのか、何を胸に抱えていたのか。聞きたいことがたくさんある。

仁子が父の席を見つめていると、小皿の中に白菜とお肉が追加された。横を見れば、士郎と目があった。表情らしきものが浮かんでいないその顔が、自分を心配しているのだとわかるのはやはり、家族だからだろうか。

熱々の白菜をはふはふ言いながら口に運び、兄ふたりと他愛のない話をする。食事の間だけは、暗い影を落とす話をしたくなかった。

〆の雑炊を食べ終えて、みかんの最後のひと房を食べ終えてから「Gリストのことだけど」と切り出した。ふたりとも予想していたようで、頷くだけで先を促される。

「あの十二桁の番号は、マイナンバーだった」

仁子は、父の残したあのファイルの中に自分の番号、マイナンバーを見つけていた。ひとつが一致しているからには、他の番号も確かめる必要がある。

仁子は帰宅してからすぐに、父のパソコンを使ってある違法行為を行っていた。ハッキングだ。他の十二桁の数字がマイナンバーなのかどうか調べるには、それしか方法が思いつかなかった。

総務省が管理するマイナンバーは、個人情報なので当然外部からの閲覧は許可されていない。悪用する気はないとはいえ、アクセスしたことが見つかれば警察沙汰になるとわかっていた。けれど、仁子は知りたかった。Gリストの正体を。

アクセスした痕跡を消しながらセキュリティーを解除し、Gリストにあった番号とマイナンバーの照合を行った結果、やはり十二桁の数字はすべてマイナンバーだと判明した。

二度アクセスする危険を冒すよりは、とその場で該当するマインナンバーと紐づいた情報は抜いておいた。漏洩も悪用もしませんから、と誰相手にかはわからないが心の中で謝りながら。

「へぇえ、マイナンバーか！　なるほどねえ」

「しかしよくわかったな」

「……ハッキングして」

「ああ、その手があったか」

「仁子はパソコンが得意だからね。仕事が早くてすごいすごい」

くしゃくしゃと頭を撫でられ、呆気に取られる。

「マイナンバーだったら他の個人情報も芋づる式にわかるんだろ？」

「う、うん。戸籍がわかるから」

「そっちも調べてあるんだ？」

さすがにこれは怒られるだろうと覚悟して頷いた。

「仁子は手際もいいねえ」

「一度に情報を得られたなら、国もマイナンバーを作った甲斐があるというものだな」

「ほんとだね。普段なんの役に立ってるんだかわからなかったけど、立派に役立ったじゃない」

「待って、ふたりとも」

思わず止めた仁子に、兄ふたりが不思議そうな顔をする。顔は似ていないのに、こういう反応はそっくりだ。

「ハッキングは犯罪だから、褒めちゃ駄目だと思う」

仁子が言うことではないが、真面目に諭す。しかし、兄ふたりには違うところに響いたようだった。

「ねえ、士郎。僕たちの妹は天使だね」

「わかっていたことだ」

「……私の話、聞いてた？」

「もちろん。仁子は反省してるって話でしょ？ 悪いことをしたとわかっていて、さらに反省もしてるなんて素晴らしいことだよ」

「安心しろ、仁子。仁子のことは何があっても俺が守る」

「そこは俺たち、ね」

「……ありがとう」

兄を前にすると、仁子はいつも自分が六歳に戻ったような気持ちになる。三朝家に引き取られて、本当の家族ができたあの頃に。あれからずっと、仁子は適温管理された温室にいるみたいに甘やかされている。

仁子が言うのもなんだが、兄ふたりは仁子のこととなると少し頭のネジが緩くなるところがあった。そこに、常識なんてものは存在しない。これは自分がしっかりしておかなければ、と仁子は気を引き締めた。

「それで、Gリストはなんの人物リストだったかはわかったのか？　父さんの住所録メモなんて落ちはないとは思うが、知り合いは載ってたか？」

士郎の問いかけにドキリと胸が詰まる。番号はすべて照合済みなのでリストを見せてしまうのは簡単だったが、気乗りはしなかった。あのリストには、仁子の名前も、そして他にもよく見知った名前が載っている。

「……とりあえず、一番上の番号はこの人」

プリントアウトしておいたものを、テーブルの真ん中に置く。

【遠藤倫久（えんどうともひさ）　四十六歳　バツイチ独身　不動産会社経営】

ひとり暮らしをしている住所は、偶然にもこの家から二駅ほどしか離れていなかった。運転免許証から引っ張ってきた顔写真には、まったく見覚えがない。

「あれ、この顔……」

「千聖の知り合いか？」

「知り合いではないね。見かけただけ」

千聖は、一度見た人の顔は決して忘れない体質だ。数字に色がついて見える仁子と同じように、人の顔を見るとその周りにイメージカラーのようなものが見えるらしい。本人は「オーラが見えるんだよ」と笑うが、あながち冗談でもないと仁子は思っている。

「先月だったかな？　特別講義の手伝いで行った橘服飾専門学校ってところにいたよ。不動産屋さんだったんだ。てっきり起業家かなんかかと思ったのに」

「なんで起業家なんだ」

「未来ある若者に支援を！　とかなんとか語ってたから」

「演説でもしてたのか……？」

「マイクは持ってなかったけどね。学生たちに熱心に声をかけてたから、学校側の許可はとってあるんだと思うよ」

「その専門学校に出入りしてる業者みたいなもんか」

「かもね」

思わぬところから情報が出てきた。思ったよりも早くGリストの正体がわかるかも、と身を乗り出す。

「とりあえず、この遠藤さんから調べてみようか」

不謹慎ではあるけれど、謎が明かされていく予感にドキドキする。仁子の学校があるので、動き出すのは明日の午後からとなった。

翌日、三人で橘服飾専門学校を訪れた。

「広いな。大学並じゃないか？」

「そうだね。専門学校にしたらかなり大きいほうだと思うよ」

専門学校の見学をしたことはないけれど、士郎の言う通り、オープンキャンパスに行った大学の構内とよく似ていた。敷地内に建物が複数あり、中庭やテラス席のあるカフェまである。服飾系というだけあって、歩いている学生たちは皆どこかしら主張のある服装をしていた。この中にいると、モノトーンの服を着た仁子の存在感など、半透明以下になっていそうだ。

「それで？　来たはいいがどうやって調べるんだ？」

「そりゃあ、当たって砕けろでしょ」

パチン、と音が鳴りそうな見事なウインクをしてから、千聖がひとりで歩いて行ってしまう。あとを追うべきか迷っているうちに、千聖が女子学生のグループに声をかけた。まるで元々友達かのような打ち解け具合に、士郎とふたり顔を見合わせる。

「……千聖に任せたほうが良さそうだな」

「……うん」

コミュニケーションにおいて積極的でないふたりは、そっと木陰に身を寄せる。その間も、千聖は次々に学生たちに声をかけていく。その様子を、士郎は無言で見つめていた。

「しろちゃん、もしかして聞こえてるの？」

「ああ」

仁子たちと千聖の距離は十メートル以上ある。学生たちの行き来もあるし、仁子には千聖の声なんて聞こえなかった。けれど、士郎は違う。何人が同時に話しても、囁きほどの小さな声でも、人の声を聞き分けることができる。それも、一度聞いた声は忘れない体質だ。士郎には、人の声に色がついて見えるらしい。三人して色に関わる特殊な体質だなんて、おかしな偶然もあったものだ。

「行くぞ。千聖が当たりを引いた」

士郎が物陰から出るのと、千聖がこちらを振り返ったのはほぼ同時だった。ひとり反応の遅れた仁子は慌ててあとを追いかける。

「来た来た。こちら、種池さん」

「わあ、弟さんもイケメン！　はじめまして～」

種池という女子学生に仁子は見えていないようで、士郎に対してだけ握手の手を差し出す。やはり仁子の服には半透明効果があるらしい。

「遠藤さんの不動産屋さんで契約した部屋に住んでる子を知ってるから、紹介してくれるって。そうだよね？」

「さっき授業終わったところだから、まだ教室にいると思いますよ」

種池は話しながらスマホをいじっていた。

「あ、やっぱりまだいました。ここに呼べばいいですか?」

「そうしてもらえると助かるよ」

「じゃあ、紹介したら私とデートしてくださいね」

「あれ、そういう取り引き?」

会話のテンポが速すぎて、仁子にはついていけない。横で、士郎が小さく溜息をついた。

「悪いが、それは今度にしてくれ。今日はまだやることがある」

「ってわけだから、ごめんね?」

えー、と拗ねた様子を見せるけれど、千聖が連絡先を教えることで引き下がってくれた。もうすぐ来ると思うんで、とあっさり帰ってしまったのには、仁子のほうが驚く。

「ちーちゃん、なんて言って教えてもらったの……?」

友達を紹介するには怪しいと思わなかったのだろうか。

「普通に自己紹介しただけだよ」

ここに特別講義に来たことがある、と千聖は言っていた。おそらく、種池はそのことを覚えていたのだろう。講師ならば、信頼が高くても頷ける。

待つこと数分、「あの」と今度は仁子が声をかけられた。

「種池さんが言っていた先生って……」

振り返った先にいたのは、仁子と負けず劣らず半透明になってしまいそうな素朴な服を着た女子学生だった。ひょい、と千聖が顔を向けると、「あ」と声を出す。

「三朝先生……！」

目の輝きが一瞬にして変わり、薄かった存在感が急にはっきりとし始めた。千聖がこの人の中でどんな存在なのか、それだけでよくわかる。

「あ、先月の特別講義に参加してくれてたよね。確か、早坂穂花さん」

「覚えててくださったんですか……？　光栄です」

少し聞きたいことがあるのだけど、と千聖が早坂をベンチに誘導する。士郎と仁子はさりげなく横のベンチに陣取った。

「早坂さんが住んでるマンションについてなんだけど、どうして借りることになったのか経緯を聞いてもいい？」

「マンションについて、ですか……？」

「うん。うちの妹が遠藤さんに声をかけられたんだけど、あまりに相場より安いから心配になっちゃってね。兄馬鹿だとは思うんだけど」

「ああ、そういうことだったんですね。妹さんのお話し、講義でもされていたのでよく覚えています」

「あはは。そんなに話したかなあ」

千聖の口からさらりと流れ出す嘘に仁子はひやひやしていたが、軽口のおかげか早坂はすんなりと話し始めてくれた。

「遠藤さんには去年、構内で声をかけられたんです。いい物件があるって」

なんでも、早坂は遠藤から成績上位者だけに紹介している格安物件がある、と声をかけられたらしい。初めは怪しんだものの、知り合いの先輩の名前などを出されて警戒心を解き、実際に紹介された物件がかなりの好条件だったので契約したという。

「遠藤さんは学生の夢を叶(かな)えるお手伝いをしていると言っていました。学校からも近くて新築のいい部屋を本当に安く貸していただいて……申し訳ないです」

「申し訳ない？」

「私は、まだなんの成果も出せていませんから。……才能がある子にしか声をかけないとまで言ってもらったのに、申し訳ないです」

他にも遠藤のところで契約した学生を知っているというので、何人か紹介してもらってから早坂とは別れた。

「いまの話だけだと、若者を応援する熱い不動産屋さんって感じだねえ」

「それが善意でやってることならな」

「百パー善意かどうかは、士郎に聴いてきてもらうのがいいかな。その間に僕は他の契約者に話を聞いてみるよ」

「わかった。店のほうを当たる。仁子も一緒に……」

「待った。仁子は別の調べ物をしてもらいたいから別行動ね。それに、面が割れるのは少ないほうがいいでしょ」

「面って……テレビドラマか」

「十分、ドラマチックなことやってるじゃない、僕ら」

確かに、日常ではまずやらないことをしているのは間違いない。仁子は千聖から遠藤のいままでの仕事内容を調べてほしいと言われ、自宅に戻ることになった。

遠藤の仕事内容を調べるのは容易かった。一介の不動産会社のセキュリティーが総務省ほど堅いはずもなく、仁子はあっさりとパソコンに入り込むことができた。これもまたいけないことだと自覚をしながら、必要な情報を自分のパソコンに取り込んでいく。

契約者の多くは学生で、クリエイティブ系の学校に通う学生がかなりの割合を占めていた。その契約者の中に早坂の名前を見つけ、契約内容を確認する。

「格安……すぎる」

都内1LDKの駅近新築で八万円なんて、まずお目にかかれない。普通に考えれば赤字になりそうなものだが、遠藤の不動産会社は毎年黒字を弾き出していた。一体、どういう仕組みになっているのか。

何かからくりがあるに違いないとさらに過去に遡って調べてみると、懐かしい名前に出くわした。

「偶然、だよね」

個人の不動産会社が個人以外と契約していても、別段不思議はない。いまはそれより儲けを出すからくりを調べなければ、と脇に追いやった時、千聖から電話がかかってきた。イヤホンをつけて通話をオンにする。

『もしもし、仁子？　調査は進んでる？』

「うん。遠藤さんが早坂さんの他にも学生に格安物件を紹介していることはわかったよ」

『じゃあ、その学生の連絡先を僕のスマホに送ってくれる？　橘専門学校以外で』

「もうそこは終わったの？」

千聖と別れてから、まだ一時間ほどしか経っていない。

『在学中の子はほぼ当たれたと思うよ。早坂さんがヒントをくれたからね』

——成績上位者だけに紹介している格安物件がある。

そう声をかけられたと早坂は言っていた。

『まあ、来年あたり特別講義を何回かやることになりそうだけど』

どうやら、学校内のコネを使って時間短縮をしたらしい。千聖には負担が大きいかもしれないが、これで早坂に嘘をついたお詫びができると少しほっとする。

電話のあと、千聖に該当学生の連絡先をすぐに送った。

学生についての調査は千聖に任せることにし、仁子は不動産会社の帳簿の調査に取り掛かる。赤字分を一体何で補塡しているのか。毎年黒字の確定申告をしているのだ。それらしいお金の出入りは記録を取っているに違いない。それが表に出せる類のものなら不動産会社のパソコンに、そうでないなら自宅の中にあると踏んでいた。
ずれてもいないメガネをかけ直し、仁子はキーボードを目まぐるしく叩き始めた。

遠藤の不動産会社に直接足を運んでいた士郎が帰宅したのは、千聖の電話から三十分もしないうちだった。報告は千聖を待ってからしようと言って、二階のキッチンに夕食の支度をしに行く。

「何か手伝う？」

「そうだな。これなら食べてもいいぞ」

いまいち嚙み合わない会話のあとに、リンゴの載ったお皿を渡された。おやつを要求したわけではないのだけれど、キッチンでは戦力外の自覚があるので、リンゴを手におとなしく引き下がる。

千聖の帰宅は、それから一時間後。ちょうど唐揚げが揚がる頃だった。昔から千聖はこういうタイミングがいい。

士郎の作ってくれた唐揚げはしっかりとした醬油味で、父が作ったものと同じ味がした。その父が初めて作ってくれた時は、母と同じ味だなと思った。こういうものを、おふくろの味というのかもしれない。

ひとりしみじみとした気持ちで食事を終えたあと、報告会が開かれた。

「まずは士郎の話から聞こうかな。遠藤さん、どんな人だった？」

千聖に振られ、士郎が手にしていた湯のみをテーブルに置く。

「あの男は嘘をついている」

「へえ、それは興味深いね。具体的に何について嘘をついてた？」

士郎が言うのだから、遠藤は本当に嘘をついているのだろう。千聖も仁子も、そのことには一切の疑いを持たない。

士郎に、嘘は通用しない。

どんなに気をつけていても、人は嘘をつく時に声の調子が変わるらしい。それを士郎は耳と色で感じとる。そんなことを言っても大抵の人は信じないかもしれないが、千聖も仁子も、実際に士郎が嘘を見破るところを何度も見てきた。

『人間嘘発見器』とは千聖がつけたあだ名だが、士郎は非常に嫌そうだった。

「部屋を探していると言ったら無難な物件ばかり紹介してきたから、友達がここで格安物件を紹介されたとカマをかけたんだ。そうしたら、それは誰だとしつこく聞かれた」

「どうしたのさ、それ」

「早坂穂花の名前を出した」

早坂には申し訳ないが、他に士郎は名前を知らなかったのだから仕方がない。

「そうしたら声が変わった。早坂に紹介した物件はレアケースで、たまたまだそうだ。ああいう好条件の物件はそう出るもんじゃないと、遠回しに追い返された」

才能のある学生の支援、若者を応援、なんて話はひと言も出なかったらしい。

「学生証は見せた？」

落ち着いているせいで年上に見られがちだが、士郎はまだ大学生だ。単位は取り終え、卒論もほとんど書き終えているらしく、ほぼ通ってはいないけれど。

頷いた士郎に、千聖がにひひと笑う。

「学生証が偽物だと思われたとか」

じろりと睨（にら）まれ、「ってのは冗談で」と続ける。

「問題は学校にあったんだよ。士郎の大学は、遠藤のターゲット層から外れてるからね」

いつのまにか、名前から敬称がなくなっている。それはそのまま、千聖の中で変化した遠藤のランクのように感じられた。

「ターゲットというと？」

「仁子に調べてもらった契約者たちには、ある傾向があったんだよ」

「夢を持つ若者って以外にか？」

「そう。それも確かに条件のひとつだろう。でもそれだけじゃない」

視線で促され、仁子が先を引き取る。

「ひとつは、大学でも専門学校でも、クリエイティブ系の学校に通っている学生であること」

「士郎は経済学部だからね。いくら成績上位者でも格安物件は勧めてもらえないわけだ」

「……なんでクリエイティブ関係だけなんだ？」

士郎が不服そうに言う。夢に区別をつけるなとでも言いたげだった。

「そこはまだわかってない。でも、契約者たちに会ってきて、他にも共通点を見つけたよ」

仁子が調べた限りでは、全員が大学入学までに何かしらの賞を受賞していたことしかわからなかった。けれどそれは、成績上位者を基準にしていれば別段不自然なことでもないように思える。仁子は芸術方面に疎いので、その辺りのことはよくわからないが。

「みんな、雰囲気が似てた」

は？　と士郎が遠慮なく聞き返す。

「なんだ、その曖昧な感じは。似てるって、千聖の主観でしかないだろ」

「そうなんだけど、色が同じ傾向だったんだよね」

色、と言われて士郎も仁子も押し黙る。千聖の目に人がどのように映っているのかはわからないが、きっとひとりとして同じ色はないに違いない。それが似ているとなれば、精神的な部分でその人たちは似通っているのだ。

「才能があるって言い方は好きじゃないけど、簡単に言えばそんな感じだね。少なくとも周りの人間からはそう言われてた。でも本人はその評価に甘えず努力してる勤勉な子たちだったよ。目指す道以外は見えてないというか、ちょっと世間知らずな感じもあったな」

早坂のことを思い出し、なるほどと頷く。千聖のいう特徴の通りだ。

「でも、それ以上に気になるのは、全員、遠藤のところで紹介された部屋に住んでから結果を出せてないってこと」

「それは……そう簡単に芽が出る世界じゃないからじゃないのか?」

才能と呼ばれるものが重視される世界では、勉強すれば受かるといったわかりやすい基準がない。だからこそ、才能なんて曖昧な物差しが使われる。

「僕も、ある話を聞くまではそうだと思ったよ」

千聖が聞いた話というのは、『格安物件に住んでいる間は運が逃げていく』というものだった。

すでに引っ越した元契約者の話によると、格安物件に住んでいる間はなぜか、ついてなかったらしい。素晴らしいアイディアを思いついたと思ったのに、自分が発表するよりも先に他の誰かが似た物を発表してしまうことが、何度もあったという。その学生は部屋が原因だとは考えていないようだったが、引っ越した途端に運が向いてきて賞を受賞できたと語ったそうだ。果たしてそれは、運の問題だったのか。

「いまも格安物件に住んでる学生は、芽が出ていない。それはいいものが作れていないからか、または作れているのに……」

「芽が出る前に摘まれている、からか」

「そういうこと。遠藤は若者の夢を応援してるんじゃない。若者の夢を盗んでるのさ」

「そうかも」

仁子だけでは見つけられなかったパズルのピースを見つけた気がした。

「これを見て」

　不動産会社の帳簿とは別に、遠藤の自宅のパソコンにアクセスして見つけた、いわゆる裏帳簿の記録をプリントアウトしたものをテーブルに置く。そこには、不定期だけれど一ヶ月に何件か、決して小さくはない額の入金が記されていた。項目名はすべて『雑費』となっている。銀行のデータにもハッキングしてみたが、どれも現金での入金のようで振込み元が誰なのかまではわからなかった。

「月ごとの収入を合わせたら毎月百万単位の入金か。悪い匂いがプンプンするね」

「早坂さんの契約してる部屋は、家賃が八万円だった。相場を考えると十万円くらい赤字だと思う。でも、遠藤不動産は毎月黒字を計上してる」

　遠藤はこの裏の売り上げの一部のみ表の帳簿に記載し、ギリギリ赤字が出ない程度に調整をしていた。当然、表に出なければ税金もかからない。記載していない分は、まるまる遠藤の懐に入っているはずだ。

「早坂穂花以外にも赤字で物件を貸し出していたとしても、これなら十分に赤字を回収できるな」

「早坂さんたち自身が金の卵を産むガチョウで、自分の紹介する物件に住まわせることでその卵を取りたい放題になるなら、いくらでも格安にしようってわけだ」

「つまりこの雑費は……」

「盗まれた夢の代金、だろうね」

「ひどい……」

「最低だな」

「うん、最悪だ」

だから、と千聖が悪い笑みを浮かべた。千聖がこういう顔をしている時は、冗談の域を超えていることが多い。これは止めたほうがいいかもと士郎のほうを見ると、士郎もまた、薄く笑っていた。ふたり揃ってしまうともう、仁子には止められない。

「遠藤から格安物件を借りてみよう。住んでみたら、どうやって夢を盗んでるのかわかると思うんだよね。証拠も手に入るかもしれない」

「でもどうやって？　格安物件を紹介されるのは特定の学生だけだよ」

「その特定の学生になるんだよ、仁子が」

「私が？」

「士郎は面が割れてるからね。僕でもいいけど、学生というには大人の色気を隠し切れないから」

「素直に学生には無理がある年だと認めろ」

士郎のツッコミを軽い咳払い（せきばら）で流し、千聖が続ける。

「仁子の輝かしい経歴は僕が考えるよ」

「嘘の経歴を作ったところで調べられたらどうする」

「そこは、ねえ？」

期待の眼差し(まなざし)を向けられ、パッと思いついた案を口にした。

「フェイクニュースを作ったり、アクセス制御をして偽造したサイトに誘導することはできると思う」

「ほーらね。うちの妹ちゃんは優秀だから！」

「千聖が威張るところじゃないだろ。それに、仁子をそんな物件に住まわせて危なくないのか？」

「契約の時には僕がついていくよ。部屋を借りても本当に住む必要はないし。調べ終わったら引き払えばいいじゃない」

「だとしても、ひとりになる時間は出る」

「仁子、前に犬の首輪につけられる小型のカメラ作ってたよね？」

「う、うん。五十メートル先くらいまでしか映像を送れないけど」

飼い犬が普段見ている景色が見たいというクラスメイトに頼まれて以前製作したもので、サイズは小指の先ほどもない。人間に持たせれば盗撮に悪用されかねない、我ながらいい出来だと思っている。

「近くで待機すればいいから、それだけあれば十分。それでどう、士郎？」

それなら、と納得した士郎の代わりに、仁子が慌てて口を挟む。

「部屋を借りるお金は？　お父さんもいないのにそんなお金を使うのは……」

「その父さんを見つける手掛かりがあるかもしれない」

千聖の顔に真剣な表情が浮かび、ハッとした。そもそもどうして遠藤を調べることになったのか、ということを忘れかけていた。

「それに、ここに立派な社会人がいることをお忘れなく。資金面に関しては仁子が心配しなくても大丈夫だよ」

一瞬垣間見た真剣さが見間違いかのように、千聖の表情も口調もいつもの軽いものに戻っている。それに少しほっとした。普段笑っている人が笑わない時ほど怖いものはない。

「あとは下準備の時間だね。僕も少し準備することがあるから、決行は三日後でどうかな」

できそう？ と聞かれて頭の中でやることを整理する。フェイクニュースサイト、アクセス制御のプログラム、アクセス先の偽造サイトの作成。三日あれば十分だ。

「大丈夫」

「オッケー。それじゃあ、夢奪還作戦、はりきっていってみよう！ ついでに父さんも見つけよう！」

「おー」とノリで拳を上げながら、ついでと本命が逆なのでは、と仁子は首を傾げた。

三日後、仁子は千聖とふたりで遠藤不動産に足を運んだ。

父親に見えたほうが自然だろうということで、千聖は変装とメイクをしている。メイクはもちろん、千聖本人が施したものだ。特殊メイクほど奇抜なものではないのに、二十四歳の千聖が四十代のナイスミドルにしか見えないから驚く。さすがはハリウッドから誘いがかかったメイクアップアーティストだけのことはある。

仁子もまた、どこかで顔を見られているといけないからと、変装をしていた。メガネは外してコンタクトにし、普段ただ下ろしているだけの髪はふんわりと巻かれている。服装も千聖チョイスの派手な色合いのもので、たとえクラスメイトが見かけたとしても仁子だとは気づかないレベルの変身を遂げていた。

千聖が作った設定によると、仁子はずっと海外で暮らしていたが日本に拠点を移すことになり物件を探している、新進気鋭の画家の卵ということらしい。遠藤が知らなくても不思議はないと思わせるために、受賞歴も海外の賞に絞ってある。なお、海外生活が長く日本語が苦手という設定もあり、会話は千聖がフォローする。

仁子と千聖が店のドアをくぐると、大きな観葉植物が目についた。よく手入れが行き届いており、生き生きとしている。ふんわりと爽やかなグリーン系のアロマの香りもしていて、雰囲気は良かった。店内を軽く見回していた千聖は「へえ」と呟く。

こちらから声をかけるまでもなく、すぐに遠藤が応対に出てきた。写真で見た通り、糸のように細い目に少し曲がった鷲鼻（わしばな）、薄い唇をした中年男性だ。

「いらっしゃいませ。お部屋をお探しですか？」

千聖の様子から上客の空気を嗅ぎ取ったのか、非常に愛想がいい。ニコニコしすぎて、目は閉じているようにすら見えた。

「ああ、娘にひとり暮らしをさせる予定でね。ここの沿線上に美大があるだろう。そこに春から通うからこの辺りで探しているんだ」

「美大というとあの……？」

「ああ、あそこだ」

美術系の大学はこの近くにいくつか存在していたが、特に有名なものがひとつある。名前を言うまでもなく、遠藤は勝手に勘違いをしてくれたようだった。

「それはすごい。……お嬢さんはさぞ優秀なのでしょうね」

「日本ではどうだろうね。まだこちらでは出したことがないからなあ」

コンクールに出せば受賞すると言わんばかりに笑う千聖に、遠藤は「ほうほう」と前のめりだ。仁子はいたたまれず、外に視線をやる。それがまた、芸術家の気難しさのように見えることなど考えもせずに。

「よろしければ、こちらに物件のご希望条件をご記入ください」

席に着くと、電子パッドを渡された。そこに情報を打ち込むと、カウンター側にある遠藤のパソコンにも同時に内容が反映される仕組みになっているのは、すでに調べがついている。

千聖が仁子の偽名を入力するとすぐに、遠藤が「飲み物をご用意しますね」と席を外した。おそらく、仁子たちの目が届かない場所で受賞歴を調べるつもりだろう。

遠藤が自分のスマホを手にしたタイミングで、仁子は作成しておいた特殊なアプリを起動した。相手のスマホと一定の距離内にいれば、Bluetooth通信でペアリングができる仕組みになっている。当然、相手にペアリングがバレないよう、バックグラウンドで作業は進む。相手のスマホがロックされているとアクセスを拒否されてしまうため、この時を待っていた。

用意しておいた真っさらなスマホと遠藤のスマホが同期されていくのを、仁子はじりじりと待つ。ほんの数分、もしかしたら数十秒が、長く感じられた。

完了の文字が出ると、中身のなかったはずのスマホにWEB画面が表示され、勝手に動き出す。どうやら、完全同期に成功したようだ。ほっと息をつくと、千聖から横目に視線を送られ、「Good job.」と唇が動くのが見えた。

ペアリングしたスマホでは、遠藤がいそいそと仁子の名前を検索している様子が窺える。いくら検索したところで、検索結果に出るのは仁子が仕込んでおいたフェイクニュースだ。もちろん、そのニュースは公開範囲を制限しており、遠藤以外の人の目には触れないようにしてある。

遠藤が仁子の輝かしい受賞歴を見て感嘆の声を漏らすのが、仁子の耳にもはっきりと聞こえた。すべてが嘘の情報ではあるが、遠藤はあっさりと信じたらしい。こんな簡単にことが運んだのも、フェイクニュースサイトに載せてある絵のおかげだろう。それは千聖が三日で描いたもので、仁子に審美眼はないけれど、素人目にも素晴らしいものに見えた。賞に応募したら本当に受賞してしまうのではと思うのは、妹の欲目だろうか。

「これでいいかな」

頃合いを見計らって、千聖が声をかけた。検索に忙しかった遠藤が、慌てて席に戻ってくる。お茶を淹れに立ったことなんて、すっかり忘れているようだ。

「ええ、結構です。いやあ、娘さんは本当に運が良くていらっしゃる」

「……というと？」

手揉みしかねない調子で言われて、千聖がわざと声を潜めた。端から見ているとその様子は、時代劇の越後屋と悪代官の賄賂のやりとりに見えて、笑いそうになる。

「いえね、条件にぴったりの物件が、まさに出たばかりなんですよ」

遠藤が机の上のモニターを、無理やり客席側に向けた。

「ほう。これはいい部屋のようだ」

最寄駅から徒歩七分、１ＬＤＫのバストイレ別、オートロック付きで月十六万。築年数が十五年ではあるが、決して高い部類には入らないだろう。むしろ、いまのままでも十分安い。けれど、本当に住むわけでもない部屋に払う額となれば別だ。

「高い……」

思わず、口からぽろりと文句が漏れた。遠藤は待ってましたとばかりに大きく頷く。

「実は私は芸術、特に絵画の世界が大好きなんですよ。だからその世界に飛び込もうとしている若者を応援したいと常々思ってるんです。そこでここだけの話なんですが……こちらの物件は十万円まで頑張らせていただこうと思っています」

「それは有難い。どうかな、娘よ」

「……もっと安い部屋でいいと思う」

必要経費にしても、十万円は高い。十万円を稼ぐために珈琲を何杯売らなければならないのかと、仁子の頭の中では計算式が飛び交っている。

「ふむ。それなら別の店も……」

腰を浮かしかけた千聖を「待った！」と遠藤が飛掛からん勢いで止める。

「そうですよね。お嬢さんはすでに芸術家のひとりだ。優れた芸術家にはパトロネージュが必要です。ここはお嬢さんの将来のためにもうひと肌脱がせていただきましょう！」

最終的に、一ヶ月の無料お試し期間をつけるという条件で、仁子はようやく首を縦に振った。

仮契約を終え、店を出る際には、遠藤は表までわざわざ挨拶についてきた。角を曲がってその姿が見えなくなると、途端に千聖が笑い出す。

「あー、噴き出すのをこらえるのがほんと大変だったよ。結局タダで契約させるなんて、さすがは仁子だ」

「ちーちゃんがフォローしてくれたからだよ」

「聞いたかい、士郎。我が妹は経済観念がしっかりしているだけじゃなくて、謙虚さまで兼ね備えているよ！」

千聖はネクタイピンに向かって誇らしげに話しかけた。それは仁子が作ったカメラになっており、士郎がリアルタイムで映像を見ているはずだ。通話機能はつけていないので、いまごろ家では士郎がぶつぶつ言っていることだろう。

「さて、次は引っ越しだ。見せかけとはいえ、なんの家具もないわけにはいかないから、その準備もしないとね」

「え、でも」

「大丈夫。お金はかけないようにするよ」

千聖が何をしようとしているのかはわからないが、労力にも金銭価値はある。それも千聖となると単価も上がるから……と、仁子はまた無意識に計算を繰り返していた。

一週間後、引っ越しはよく晴れた土曜日に行われた。荷物の運び入れは引っ越し業者に扮(ふん)した兄ふたりがテキパキとこなしてくれて、拍子抜けするほど簡単に終わってしまった。兄たちが帰ったあと、仁子はすぐに荷物の中からヘッドフォンを出してつけた。そのヘッドフォンもまた、仁子が改造してカメラとマイク機能をつけたものだ。千聖はマンションのすぐ近くに待機し、仁子から送られてくるこの映像と音声をチェックしている。士郎は別行動で遠藤の動向を監視していた。

『こちら千聖、感度良好。どうぞ』

『トランシーバーじゃないんだ、普通に話せ』

『いいじゃない、盛り上がっていこうよ』

『遊びじゃないんだぞ』

緊張感のない兄ふたりの会話のおかげで、仁子も自然体でいられた。手始めに、作業部屋にすると遠藤にさりげなく話しておいた部屋から調べることにする。

部屋に入るとすぐに、手にしていたスマホが振動した。スマホには、盗聴器を探知できるアプリを入れてある。そのアプリが反応していた。

部屋の隅に近づくほど反応が大きくなるので、おそらくコンセントプラグの中に盗聴器が仕掛けられているのだろう。

下手に声を出せば、仁子が部屋を探っていると気づかれる可能性があるため、兄たちへの連絡はスマホからメッセージを送ることにした。盗聴器があると伝えると、ヘッドフォンにすぐ返事がある。

『盗聴器かー。あるとは思ってたけど、本当に見つかると気持ちが悪いね』

『けど、ひとり暮らしの人間を盗聴して得るものがあるか？』

確かに、ひとりで暮らしていたら家の中で会話をすることもない。ひとり言を言うことはあるかもしれないが、盗聴するほど中身のあるものとも思えない。

『音楽系の学生もいたじゃない』

『なるほど、作曲か』

盗聴器の意味がわかった分、不快さが増す。仁子は意識的にコンセントから視線を逸らして、次の証拠探しに取り掛かった。

早坂のようなデザインを生み出す学生のアイディアは、盗聴器では盗めない。かといって、盗難に遭ったという学生はひとりもいなかった。では、遠藤はどうやって学生たちの夢を盗んだのか。

答えはすぐに見つかった。

仁子は部屋の照明を見上げた。この照明はサービスでついていたものだ。通常、引っ越しの時は照明も自分で取り付けなければならない。案外これが面倒で忘れがちな点だから助かるね、と千聖が言っていた。その照明の端に、小さく光るものが見える。

カメラも見つけたとメッセージを送ると、なるほどねと千聖が言った。

『それを使ってるわけだ。士郎、遠藤は？』

『店で接客中だ』

『オーケー。仁子、いまのうちに確認して』

遠藤が単独犯とは限らないので、念のために盗聴器の妨害電波を出す。それから、「了解」と返事をして、照明を取り外した。思った通り、照明の中には小さなカメラが設置されている。電池式の単純な作りのもので、自分の中に映像を保存するタイプだ。映像をデータ送信するような機能は持っていない。ということは、遠藤は定期的に録画した映像を取りに、貸した物件に出入りする必要がある。盗聴、盗撮行為だけでも十分に恐ろしいが、自分の知らない間に部屋に入られるなんて、ぞっとする。

仁子が報告をすると、千聖からすぐ部屋を出るようにと言われた。

『そんな気持ち悪い部屋に仁子が長くいる必要はないからね』

「でも他の部屋も調べなくていいの？」

『ひとつでも証拠が見つかったんだ。十分だろう。それに、遠藤にも動きがあった』

士郎によると、遠藤は接客を終えたあと誰かからの電話を受け、会社を出たという。

『通常の仕事かもしれないが、一応あとをつけている』

『ねえ、士郎。その電話、遠藤は何で受けてた？』

『何って、白いスマホだったが』

「白かったの……？」

仁子がペアリングをした遠藤のスマホは、黒だった。二台持っていたのか。道理で、黒いスマホの中にめぼしいものが何もなかったわけだ。

「しろちゃん、そのスマホとペアリングできる？」

『……やってみる』

士郎にはボタンひとつでペアリングができるように設定したスマホを渡してあった。通話中なら、遠藤のスマホのロックは解除されている。一定の距離内に入れさえすれば、ペアリングは可能なはずだ。

すぐに、士郎から成功したと返事がある。

『完了した。まだ電話中だから会話を流すぞ』

ヘッドフォンから、やや不明瞭ながら遠藤と誰かの会話が流れてくる。

『次はまだ？』

『おそらく来週には新作をお渡しできるかと思います』

『よかった。それならコレクションに間に合いそうだ。頼むよ、ほんと』

『すみません。こちらも急(せ)かしたい気持ちはあるんですけどね。なんせ生物(なまもの)相手ですから』

ははは、と笑い合う男性ふたりの声は薄汚れて聞こえた。ここでいう新作とは、一体誰が生み出した新作なのか。

遠藤は新作を百五十万で売ることを誰かに約束し、電話を切った。

仁子がマンションを出ると、エントランスで千聖が待っていた。

「お疲れ様、仁子」

疲れるほどのことは何もしていないはずなのに、千聖の顔を見たら肩がふっと軽くなった。

「士郎は先に家に帰ったよ。僕たちも一度帰ろう」

「でも部屋は？　家具とか……」

必要最低限とはいえ、ひとり暮らしに困らない程度の家具は運び入れてある。それに、千聖の指示でカメラは元どおり戻してあった。それらを置いたまま撤収するわけには、と仁子が言うと、千聖は「家具は使うから大丈夫」と笑った。

「使うって誰が？」

「僕の知り合いにね、一週間だけ東京に宿を探してるアーティストがいるんだ。その人が今日の夕方からあの部屋に住む予定だから気にしなくていいよ」

「あの部屋に住むの？」

「本人はタダの宿なら覗き見くらい大歓迎だって言ってたよ。一週間後には家具ごとアメリカに行くから安心して」

借りる人間が入れ替わったことに遠藤が気づくのが先か、千聖の知人が引っ越すのが先か。千聖がどこから家具を調達してきたかの謎が、ようやく解けた。

「あの部屋はそいつに任せて、僕たちは次の仕事に取り掛かろう」

遠藤が貸した部屋の学生からアイディアを盗んでいることはわかったが、その盗まれたアイディアはまだ見つかっていない。売られる前ならば、夢が壊れる前に取り返せるかもしれない。

家に帰るとすぐ、士郎から遠藤の白いスマホとペアリング済のスマホを返された。

「あのあとも何回か誰かと電話してたぞ」

「中身は確認した？」

千聖が仁子の後ろからスマホを覗き込む。

「俺は機械は得意じゃない」

「工学部にいそうな顔してるくせに」

「どんな顔だ」

ふたりのやりとりを聞き流しながら、仁子はノートパソコンを開いた。最近は、パソコン作業を父のこのノートパソコンですることが多い。仁子の所有するパソコンもかなりスペックは積んであるが、デスクトップ型は部屋に行かなければならず作業がしづらい。ノート型も持ってはいるが、そちらは父のものほどスペックが高くなかった。必然的に、Gリスト関連の作業は父のパソコンを使うようになっていた。

白いスマホ内にあるデータを、すべてノートパソコン内にコピーする。このスマホは遠藤のものと完全同期しているので、スマホ上で中身を確認しようとすると遠藤の手持ちのスマホも同時に動いてしまい、遠隔操作がバレる危険がある。遠藤の動向を監視していないいまは、下手にいじらないのが得策だ。

取り込んだデータをノートパソコンで確認し始めると、仁子を挟むように両脇に千聖と士郎が座る。

「何かありそう?」

「メールから調べてみる」

メールフォルダ内は一見すると空っぽだったが、スマホ上で削除してもそのデータは完全には消えていない。これは論理的削除と言われ、削除したデータの領域が次の上書きの際に使えるとシステムに伝えてあるだけで、物理的にはストックされたままとなる。物理的に削除されていない限り、削除データを復元することなど仁子には造作ない。

復元したメールは、黒い内容のものばかりだった。

　ファッションデザインのアイディアを初め、絵画に建築、詩に小説と、遠藤は幅広い商品を取り扱っていた。顧客相手の本名は記載されていなかったが、盗用されたアイディアを元に探せばすぐに発覚するだろう。

「遠藤は随分と顔が広いねえ。ジャンルも様々なのに、よく顧客を見つけられたもんだ」

「関心することか？」

「いやだって、なかなか買い手を見つけるのも大変だと思うよ。才能豊かとはいえ、売るのは本当に価値があるかまだわからない若者の作品なわけだし。言い方を変えれば、すごい審美眼の持ち主ってわけだ」

「……売ってるのはそれだけじゃないみたいだけどな」

　メールのひとつを見て、士郎の顔が不愉快そうに曇る。仁子の顔もまた、同じように歪んでいることだろう。

「これはこれは、下衆（げす）の極みだね」

　盗聴、盗撮された映像のうち、浴室や寝室に仕掛けられたものはまた別の顧客に売られていた。何も知らずに住んでいる早坂たちのことを思うと、虫唾（むしず）が走る。

「……許せない」

　珍しく怒気を露（あら）わにした仁子の頭の上に、ぽん、ぽんと手が載せられる。

「右に同じ」

「左に同じ」

千聖も士郎も、目が笑っていなかった。

早速、次の段階に向けて話し合いを始める。

「アイディアを取り返さないと」

「問題は、その盗まれたアイディアがどこにあるか、だね」

「遠藤の自宅のパソコンとかじゃないのか？」

「前にハッキングした時は裏帳簿しかなかった。部屋に仕掛けられてたカメラはＳＤＸＣカードに映像を保存するタイプだったから、それをそのまま売ってるのかも」

「僕も、そのまま売ってるんだと思うよ。データ送信時に漏洩でもしたら目も当てられないからね」

「だがそうすると、どうやって取り戻す？」

ネットワークから切り離されていたら、遠隔操作で取り戻すことはできない。

「遠藤の家に取りに行くしかないだろうね」

あっさりと言ってのけた千聖に、「え」と声が漏れる。

「それって泥棒にならない……？」

クラッキングといわれても仕方のない行為をしておいていまさらではあるが、さすがに住居侵入となるとハードルの高さが違う。

「まあ、そうとも言う。だが盗られたものを取り返すのは正当な権利だろう」

「そうそう。言うならば正義の泥棒。義賊ってやつだよ」

自信たっぷりに言われて、そういうものかと思い始める。盗みに入られる遠藤からすれば泥棒だろうが、アイディアを返される学生たちから見たら義賊になる。

仁子の中で、善悪の天秤がぐらぐらと揺れていた。

「でも義賊って響きがいまいちだよね。うーん、あ、怪盗にしよう」

「それは悪いほうに戻ってないか？」

「気のせい気のせい」

仁子の迷いを他所に、兄ふたりは呑気なものだ。

「問題はどうやって侵入するかだな。遠藤が家にいない時間帯を狙うにしても、鍵がかかってるだろ」

玄関の鍵はもちろんのこと、アイディアの詰まったＳＤＸＣカードは金庫のようなものに入れられている可能性もある。パソコンからデータを抜き出すよりも、よほど難易度が高いように仁子には思える。

「だいじょーぶ。そこはお兄ちゃんに任せなさい」

何か策があるらしく、千聖は輝かんばかりの笑顔を浮かべていた。

二十三時、仁子は喫茶モーニングのカウンターでノートパソコンに向かっていた。耳にはワイヤレスのマイクつきイヤホンをつけている。

『こちら千聖、どうぞ』

『トランシーバーじゃないって何度言えばわかるんだ』

『士郎はノリが悪いなあ』

音声の感度は良好で、兄ふたりの会話は隣にいるようによく聞こえた。

「……ちーちゃん、本当に大丈夫？」

兄ふたりはいま、遠藤の家に侵入しようとしている。真っ黒な服装で出かけた兄ふたりは贔屓目(ひいきめ)にもスタイリッシュで、目出し帽をかぶったとしても、泥棒というより怪盗と名乗るのがぴったりな雰囲気があった。

遠藤の家は郊外の一軒家で、この時間には周りの家の電気はほとんど消えている。結婚時に購入した一軒家に、離婚後も遠藤はひとりで暮らしていた。

遠藤は今日、悪いお仲間たちとの飲み会に出かけている。飲み屋近くのホテルを予約してあり、今日中に帰宅する可能性は低い。

この日のために、ここ数日は全員で遠藤に関するあらゆる情報収集に時間を割いてきた。毎日のタイムスケジュールから、交友関係、家の間取り、近所づきあいや家周辺の防犯カメラの有無にその死角まで、こと細かに調べ上げた。

その結果、遠藤の自宅はホームセキュリティーに入っていることが判明したため、そちらは仁子のほうで解除してある。千聖と士郎が侵入している間は、何が起ころうと警報が作動することはない。

こうした入念な下準備の甲斐あって、理論上は安全に行って帰ってこられる計画ができ上がった。ただひとつ、鍵の問題を除いては。

どうやって家に侵入するのかという点だけは、千聖が担当するからと仁子はノータッチだ。決行のいまに至っても、どうするつもりか聞いていない。

『まあ、見てなさいって』

実際、その場にいない仁子は、ノートパソコンに送られてくる兄たちの映像を見ていることしかできない。

『士郎、人が通らないか見張ってて』

そう言うと、千聖はおもむろにドアの前にしゃがみ込んだようだった。

千聖と士郎の両方にカメラはつけてもらっているが、それぞれの視点が映像として入ってくるので、士郎が通りを見ている限り千聖自身の姿は見えない。

「いいかい、仁子」

どこか楽しげな千聖の声が聞こえた。

千聖のカメラに鍵穴に細い棒を入れる映像が映る。小説や映画などで見覚えのある、鍵を使わない鍵の開け方。ピッキングだ。

ものの一分もしないうちに、千聖が立ち上がる。その手が、仁子に見えるようにVサインを作る。

『いいよ、士郎。行こう』

まるでその家の住人のように、千聖が鍵の開いたドアから家の中に入っていく。

「……ちーちゃん、鍵開けまでできたの？」

手先が異様に器用なことは知っていたが、そんな特技まであるなんて初耳だ。まあね、と千聖は小さく笑う。

家の中には誰もおらず、電気もついていない。千聖たちは懐中電灯の明かりを頼りに歩いていく。

ふいに、カン！と音が鳴った。だるまさんが転んだをしているかのように、カメラの映像がピタリと止まる。

「……大丈夫？」

『士郎が缶蹴った音ー』

『床にそんなものが転がってるとは思わないだろ』

『遠藤はあんまり掃除好きじゃないみたいだよ』

暗闇モード搭載のカメラが、室内の床を映した。千聖の言う通り、掃除が行き届いている感じはしない。ビールの空き缶がトラップのようにいくつか床に転がっていた。

『まあ、男のひとり暮らしなんてこんなもんかもね。むしろ片付いてるほうだよ』

再び映像が動き出す。事前に調べておいた間取りを確認すると、入ってすぐの階段を上っていることがわかる。目指す部屋は二階の角部屋だ。

データの隠し場所について、千聖は間取りを見て特定の部屋を指差した。根拠は、風水だという。

「店の中に入った時に気づいたんだよね。インテリアが風水にこだわってるって。だからきっと、お金に関するものは北の部屋にあると思うよ」

お金は北に置くといいというのは、風水の常識らしい。千聖が言うのだからそうなのだろう、と仁子も士郎も北の部屋から探すことに賛成した。

カメラが二階の角部屋に到着する。ぐるりと室内を見渡すまでもなく、入ってすぐ視界に入るところに金庫が見えた。

『ビンゴ。思った通りだ。士郎、ちょっと明かりこっち向けて』

『わかった』

明かりがひとつに減り、千聖のカメラには金庫が大写しになる。

『んー、このタイプか』

『いけそうか?』

『いけるでしょ』

手袋をはめた手が、ダイヤルを慎重に回し始める。

「金庫も開けられるの……?」

ひとり言のような仁子の呟きに、ふっと千聖が笑う吐息が聞こえた。

『仁子には話したことなかったっけ。僕があそこに入る原因になった事件のこと』

解除に時間がかかりそうだから暇つぶしに昔話をしようか、という千聖に、士郎が「話してて平気なのか?」と聞く。話すことで音が聞こえなくなる心配をしているのだろう。

ある。

仁子も、ドラマなどでダイヤル式の金庫を開けるのに聴診器を使っているのを見たことがある。

『この金庫のダイヤルの仕組みは音を聞いても開けられないタイプだからね』

詳しく説明しようか？　と言われたが、士郎も仁子も聞いたところで理解できないだろう。丁重に断ると、それならと昔話が始まった。

『僕の実の両親は僕のちょっと変わった体質への理解がなくてね。そのせいもあって、僕はあんまり両親と上手くいってなかった』

田舎暮らしで、近所に気の合う友人もいなかった千聖は、ひとりで遊ぶことが多かったらしい。そんな中、ハマった遊びが鍵開けだった。

『南京錠が落ちてて、その穴にピンを入れて遊んでたら開いちゃったんだよね。それが面白くて何度も繰り返してるうちに、コツがわかった。ほら、僕器用だから』

さも簡単なことのように言うが、小学一年生の頃の話だと言われて驚く。

『一度できちゃうと次も試したくなるものじゃない？　でも南京錠なんてそうそう落ちてるもんでもないから、仕方なく他の鍵で遊ぶことにしたんだよね』

それが、家の鍵だったという。まずは自分の家の鍵で練習をし、なんなく開けられるようになったので、他の家でも試してみたくなった。それで狙いをつけたのが、おじいさんがひとりで住んでいるという家だった。

その家は小学生たちからお化け屋敷と呼ばれていて、おじいさんが住んでいるはずなのに誰もそのおじいさんを見たことがなかった。両親と付き合いのある家では告げ口をされかねない。けれど田舎ゆえに付き合いのない家となると、そのお化け屋敷くらいしかなかったそうだ。

千聖はその家に堂々と昼間行くことにした。

『学校が終わってランドセル置いたらすぐにその家に行ったわけ。で、チャイムを押したら……』

「え、チャイムを押したの？　鍵を開けに行ったのに？」

『いきなり人の家の鍵を開けたりしたら怒られるじゃない』

いま、千聖がやっていることはなんなのか、とツッコミそうになったがなんとか堪えた。

小学生の千聖は礼儀正しくチャイムを押し、出てきたおじいさんに言った。「この家の鍵を開けさせてください」と。溝口というそのおじいさんは、最初こそ追い返そうとしたらしいが、千聖が日参すると五日目で根負けした。

『まあ、開けさせても何も、断られた初日にちょろっと試して開けてたんだけどね』

溝口の反応が面白かったので鍵開けに成功したあとも通っていたというのだから、千聖も人が悪い。

『毎日家に遊びに行くようになってさ、すぐ仲良くなったよ。溝口のじいちゃんも話し相手がいなかったんだろうね』

これだけ聞くと、子供と老人のハートフルストーリーのようだが、それで終わりはしなかった。

『そのうち、じいちゃんがこれはどうだ？ 開けられるか？ っていろんな鍵を用意してくれるようになってね。開けるのに必要な道具や、やり方も教えてもらった』

金庫の鍵の開け方も、溝口に教わったらしい。

『いい人だったよ。少なくとも僕は好きだった。でも……』

明るい千聖の口調に、ほんの少し影が落ちた。

『僕が普通の家の鍵くらいなら難なく開けられるようになった頃、そろそろ本番を経験してみるかって言われてね。近所で有名な金持ちの家の鍵に挑戦することになったんだ』

「それって……」

『そう、まさに泥棒だ。けど、僕はそれが悪いことだとは思ってなかった。その家の子供は性格が悪くて嫌いだったし、鍵を開けるだけならバレても怒られるくらいだろうとも思ってた』

けれど、イタズラだと思っていたのは千聖だけだった。

夜に家を抜け出した千聖は、標的の家で溝口と落ち合い、見事に鍵開けを成功させた。それで終わりだと思ったら、溝口は家の中に入っていこうとした。それを、いなくなった千聖を探しに来た母親が目撃。窃盗未遂事件として、溝口は警察に連れていかれた。

『スリの前科があったんだって。だからみんな溝口のじいちゃんを遠巻きにしてたって、あとで知ったよ』

当時七歳だった千聖は罪に問われることも、警察に話を聞かれることもなかった。母親が千聖がその場にいたことを隠したためだ。けれど、溝口の家に千聖が出入りしていた噂はあっという間に広がり、暮らしづらくなった千聖たち一家は引っ越しを余儀なくされた。

『田舎は結束力が強いからね。一度仲間から弾き出されると、そう簡単には戻れない』

結局、もともと不仲だった千聖の両親は引っ越し後に離婚。両親のどちらも千聖を引き取る意志を見せず、知人の紹介で施設に入ることとなった。

その施設が、仁子と士郎ものちに入ることになる、『スグリの森』だ。

スグリの森では様々な背景を背負った子供たちが生活していた。身寄りのない子供もいれば、様々な事情で両親と別れて暮らす子供たちもいた。年齢も幅広く、下はゼロ歳から上は高校生くらいまでいたのではないだろうか。

保育が必要な年齢の子供には複数の担当職員がつくなど、サポート体制は充実している。独自の教育プログラムも用意されていて、仁子にとってはとても恵まれた環境だった。

「……ごめん」

こんな形で聞く話ではなかった気がする。千聖の触れてはいけない部分に触れてしまったのではないかと、心がざわめいていた。

『仁子が謝る必要はないよ。結果として僕にはラッキーだったわけだし。あの事件がなきゃ、三朝家に引き取られることもなかったんだからね』

当の千聖はあっけらかんとしたもので、声には笑みすら感じられる。

『まあ、じいちゃんが捕まったのはかわいそうだったな』

小さな子供に泥棒の片棒を担がせようとしたのだから、かわいそうも何もないと思うのだが、千聖は溝口を責める気はまるでないようだった。自分を受け入れてくれなかった両親よりも、溝口を、千聖は味方だと思っていたのだろう。千聖は一度味方だと線引きした相手にはとても甘い。そこに、一般的な常識が通用しないことは、仁子がよく知っている。だからたまに、危ういとも思う。

『そういうわけで、僕はこんな風に金庫破りもできるわけだ』

話の締めくくりに合わせたように、金庫がぱかりと口を開けた。千聖が話す間黙って明かりを向けていた士郎が、中を軽く覗き込むように映像が揺れる。

『思った以上に金庫らしいものが入ってるな』

『だねえ。ざっと、三千万ってとこ？』

金庫の中には、束にまとめられた紙幣が積まれていた。

「データの入っていそうなものはある？」

『あるよ。たぶんこれだ』

千聖が、仁子によく見えるように金庫から小さな箱を出して見せてくれた。中には、何枚ものSDXCカードが入っている。

「一枚確認してもらえる？」

すぐに、士郎が背中のバッグから小型のノートパソコンを取り出し、ＳＤＸＣカードを差し込んだ。そのノートパソコンは仁子の端末から遠隔操作できるようにしてある。ＳＤＸＣカードの中身は、学生が何かのデッサンをしている様子だった。

「これで間違いないと思う」

『オッケー、回収しよう。ああ、そうそう。遠藤が学生の夢で稼いだ額っていまわかる?』

ついでのように言われ、首を傾げながらも頭の中に保管してある遠藤の裏帳簿を開く。

「項目が雑費にしてあったものが全部で千二百万円。日用品ってなってた、たぶん学生の日常生活を売ったものが合計百万円。合わせて千三百万円」

『ってことは、百万円の束にすると十三個か。士郎、そのバッグに入る?』

「え、ちーちゃん?」

『入れるならこれにしろ』

『わお、さすが士郎。スーパーのビニール袋常備してるとか、主夫の鏡だね』

ガサゴソと、やっていることに不似合いな生活感あふれる音が聞こえてきた。ビニール袋にぞんざいに入れられていくお金の束にめまいがする。

「待って、ちーちゃん、しろちゃん。お金も持っていくの?」

『持ってくよー。だってこれ、遠藤のものじゃないもん。夢は返ってこないかもしれないけど、その代金くらいはもらってもバチは当たらないからね』

『本人たちは納得がいかないかもしれないが、自分のデザインや絵が売れたんだと思ってもらうしかないだろうな』

「なるほど……」

まだ売られていないデータは返せても、すでに売られてしまったものは返せない。アイディアという形のないものはそういうところが難しい。

お金を詰め終わったところで、仕上げとばかりに千聖が懐から何かの紙を金庫に入れるのが見えた。士郎もそれが何か知らなかったようで、手元を覗き込んでいる。

『千聖、やりすぎじゃないか？』

『いやいや、こういうのは派手にやったほうが懲りるもんだよ』

「何を置いたの？」

士郎が紙をカメラに映るように持ってくれた。


——夢は返してもらった　MMM（スリーエム）

ロゴデザインのような洒落（しゃれ）たサイン入りの、メッセージカード。かっこいいと思わず言いかける。これは、ドラマでも小説でもアニメでも漫画でもない。リアルな世界なのだから、証拠となるものを残すだけ危険が増える。

『あ、MMMっていうのは、三朝だからね？　三つのモーニングってことで……』

『わかったからもう出るぞ。仁子、返ったらすぐにこの金を被害者に届けるから、住所を調べておいてくれ』

「あ、うん」

『あと、盗聴器や盗撮機が部屋にある可能性があるって教えて、早めに引っ越すようにって手紙も必要だね』

「じゃあ、文面をまとめておく」

『よろしく～』

陽気な千聖の挨拶を最後に、カメラの映像が途絶えた。もう撤収だけだから必要ないと踏んで、ふたりしてカメラを切ったのだろう。

ひとり切り離された形の仁子は、残務作業に取り掛かる。それに忙しくて、言い忘れてしまった。犯行声明カードは持って返ってきて、と。

はああ、と無意識についた重い溜息に「幸せが逃げるよ」とツッコミが入った。

「今日、溜息ばっかりじゃない。なんかあった？」

仁子は麗から差し出されたちりとりを受け取り、しゃがんでからまた溜息をつく。

「ちょっと、心配事が尽きなくて」

三兄妹で挑んだ『夢奪還作戦』は大成功だった、のだろう。

二週間経ったいまも、喫茶モーニングの表にパトカーが停まることもなく、見た目上は穏やかな日常を過ごしている。

被害に遭った学生たちには、すでに手紙とお金を送付してあった。それぞれがどんな反応を示すかはわからない。中には遠藤を訴えようと思う学生もいるかもしれない。

「そういえば、あのニュース見た？　学生デザイナーの」

仁子が構えたちりとりに、麗が丁寧にゴミを掃き入れながら言う。

「……うん、見た」

「すごいよね。私たちの一個上でしょ？　まあ、パリコレがどれくらいすごいのかよくわかんないけど」

麗が言っているのは、若干十九歳の少女がパリコレクションへの切符を手に入れたというニュースだ。ここ数日はそのニュースばかりを目にする。

その少女というのは、あの早坂だった。早坂は仁子たちが手紙を出した翌日には部屋を引き払い、新しい部屋に移り住んでいた。盗撮されているとわかって、住み続ける人などいないだろうから、当たり前と言えば当たり前だ。

それからほどなくしての、ビッグニュース。摘み取られなかった早坂の夢が、大きく芽吹いたというわけだ。

初めにあのニュースを目にした時、真っ先に感じたのは「よかった」という思いだった。ひとりでも夢を取り返せたのなら、仁子たちがしたことに意味はあったと思う。それがたとえ、胸を張って人に言える所業ではないとしても。

しかし、問題はそこからだった。早坂のニュースがロングランとなっているのには、もうひとつわけがある。それが、『怪盗MMM』の存在だ。

早坂が、自分の夢が叶ったのはMMMのおかげだとテレビで語ったのだ。ドラマチックな出来事にマスコミはこぞってMMMの話を取り上げた。朝のニュースでMMMの名前が出た時、仁子は派手に紅茶を噴き出した。

こんな話題になってしまってどうしたら、と思いはするものの、暗い話ばかりではない。早坂が事情を打ち明けたことにより捜査の手が入り、遠藤は迷惑防止条例に違反したとして起訴される運びとなった。常習犯なので、有罪になれば一年以下の懲役または百万円以下の罰金に処されることになる。

残念ながら知的財産権侵害の罪までは問えない。早坂の場合はアイディアが売却される前だったため、証拠がないからだ。他の学生が訴え出れば話は変わってくるだろうが、そうなった時にはMMMから送られてきた現金についての言及は避けられない。お金を受け取らずに訴え出る学生が現れるかどうかはわからないが、遠藤の名前がニュースに出るようになっても、新たな訴えはまだ出てきていないようだった。

訴えを起こしたところで、すでに奪われた夢は返ってこない。自分より地位もネームバリューもある人物に盗まれたと訴えたところで、認められるとも限らない。そこに時間をかけるならば、新たなものを生み出すほうに労力を注ぐのが、クリエイターというものなのかもしれない。

なお、遠藤の家から現金が盗まれたというニュースは、まだ出てきていない。盗難を訴えれば自分が知的財産権の間接侵害をしたことを認めるようなものなので、口を噤んでいるのだろう。

結果として怪盗MMMの名前だけが義賊として知れ渡ることになったが、仁子たちの日常にはなんの影響も出ていなかった。

父の行方を探るために始めたというのに、そちらの進展は何もない。

手掛かりは依然、Gリストのみ。

兄たちはあのリストはいわゆる『悪者リスト』なんじゃないかと言っている。父はなんらかの形で悪事を働いている人物のリストを手に入れてしまい、そのせいで事件に巻き込まれたのではないか、と。

リストに載っていたのが遠藤だけならば、仁子も同じことを考えたかもしれない。けれど、そのリストを見直して気がついた。

【早坂穂花　十九歳　橘服飾専門学校ファッションデザイン科二年】

リストには、早坂の名前も載っていたのだ。早坂の冒頭の数字は【0】、遠藤は【1】で、ソートしていたので見落としていた。

兄たちには、まだそのことを伝えていない。伝えたら、個人名と照合したリストを見せてくれと言われるだろうから。

Gリストには、仁子の名前も載っている。仁子だけじゃない。あのリストには――。

「ニコ。ニーコ。いつまでちりとり構えてるの？　早く捨てて」

「あ、うん」

麗の声で、物思いから我に返る。ほら、とゴミ箱を傾けてもらい、ちりとりのゴミを入れた。ゴミ箱の両側をふたりでそれぞれ持ち、歩き出す。

「そうだ。今日の帰りに花屋寄っていい？」

「いいよ。何かのお祝い？」

「うん。お母さんの誕生日だから花束でも贈ろうかと思って」

贈る相手がいることを羨ましく思いながら、花といえば、とスマホを取り出す。

「ね、この花なんだかわかる？」

撮っておいた父のノートパソコンのスクリーンショットを麗に向ける。画面を覗き込んだ麗が、知ってると頷いた。

「アネモネでしょ」

「アネモネ……。そっか、そんな名前だっけ」

言われてみれば知っているような、知らないようなそんな名前だ。

「それがどうかした？」

「ちょっと気になって」

「誰かからもらったとかじゃないでしょうね。紫のアネモネの花言葉ってなんだっけ」

麗がすぐにスマホで調べ始めた。花言葉なんて、考えつきもしなかった。

「あ、出た出た。紫のアネモネはね……」

――あなたを信じて待つ
それは、誰から誰に向けてのメッセージだったのだろう。

第二話　宝物泥棒

くしゅん！　と小さなくしゃみが飛び出し、仁子は肩を震わせた。

師走も終わりが見えてきて、木枯らしが足元を抜けていく。東京の都心部とはいえ、物陰でじっと動かずにいるにはなかなか厳しい季節だ。

ほら、と横から使い捨てカイロを差し出され、有り難く受け取る。

「しろちゃんは大丈夫？」

「もうひとつ持ってる」

さすがは三朝家の主夫。準備がいい。

仁子と士郎はいま、喫茶モーニングから車で二十分ほどのところにある公園のフェンス越しに、とある人物を監視していた。気軽に声をかけるのは憚られる相手なので、なるべく人目につかないようにしている。幸い、まだ不審者として通報された気配はない。

「……本当に何かあると思う？」

「何かあるから、あのリストに載ってたんだろ」

「そうだとは思うけど……」

遠藤の事件が一応の終わりを迎えたあと、仁子たちは少しの間Gリストの調査を休むことにした。MMMの名前が公になったこともあり、ほとぼりが冷めるまでは派手な行動を避けようと三人の意見が一致したためだ。ちょうどクリスマス前で、喫茶店が忙しくなる時期ということもあった。

喫茶モーニングは、クリスマスイブと当日が非常に混む。

士郎が作るクリスマス限定ケーキのおかげが半分、もう半分は、クリスマスは家族で過ごすものなる信念を持つ千聖が、確実にフロアに出ると決まっているからだろう。クリスマスだというのに、喫茶モーニングはほぼ若い女性客で埋まるのだ。たまたま居合わせたカップルや男性客には、少し申し訳ない気持ちにすらなる。

そんな大忙しのクリスマスも終え、今年もあと三日となった頃、千聖が「そろそろ再開しようか」と言い出した。

Gリストにあったマイナンバーはすでにすべて個人情報と照合済みだったが、仁子はそれを伝えずに二番目の人物についてだけ、情報を開示した。

【尾ノ上真優　九歳　区立大峰小学校四年生】

九歳の少年を、仁子たちは監視している。

子供が載っていることで、Gリストが悪者リストであるという千聖たちの予想は揺らいだ。しかし、子供だからといって加害者にならないとも言い切れないため、真相を探るべく交代で監視をすることにしたのだった。

監視を初めて今日で三日になるが、いまのところ真優が悪事を働く様子はない。

「普通の小学生にしか見えないのに」

真優はいま、公園のベンチでゲームをしていた。何もこんな寒空の下でやらなくてもと思うが、監視をするという意味では見やすい場所にいてくれて助かっている。

三日観察してわかったことは、真優が鍵っ子で両親は夜遅くにしか帰ってこないということ。あまり友達と遊ばない、もっと言ってしまえば友達が少なそうだということくらいだった。どちらも、そんなに珍しいことではない。

「普通の小学生が、大晦日（おおみそか）にこんな時間までひとりで過ごすと思うか」

時刻は四時を回っている。これが普通の日ならばまだ小学生が遊んでいてもおかしくはない時間だが、大晦日となるとどうだろう。

「それにあのズボン。三日間、同じものを履いている。上着はサイズが合ってない。袖口もほつれてる」

士郎に言われて初めて気がついた。よくよく気にしてみると、真優が身につけているものはどことなく薄汚れている。真優の容姿が人形のように整い、動作もどこか上品なので、身なりにまで目が向かなかった。

「でも、貧しいとは思えない」

真優の両親についても調べてあるが、両親共に一流企業に勤めており、それなりのポジションについている。稼ぎも高所得者と呼ばれるランクに入るはずだ。それに、真優がコンビニで支払いに一万円札を使う場面を何度か見ている。

「……金があっても、子供は自分の服のことまで気が回らないもんだ。親が気を配ることだからな」

士郎の口調に影のようなものを感じて、顔を見上げた。カモフラージュ用の帽子のせいで、表情は窺えない。

「すごく、気に入ってる服なのかも」

汚れに関しては上手い理由が見つけられないけれど、なぜか士郎の言うことを否定しなければと思った。真優のためではなく、士郎のために。

そうしないと、士郎が傷ついてしまうような、悲しむような、そんな気がした。

ふ、と士郎が笑う気配がして、頭の上に手が載せられる。

「そうだな。その可能性もないとは言えない。けど俺は、あの子供は昔の俺と同じじゃないかと思う」

今日は先に帰るようにと言い、士郎は公園のほうに歩いていってしまった。ターゲットに見つかるのではと心配する間もなく、士郎はその真優にあっさりと声をかけた。

仁子のいる場所まで声は届かなかったが、真優が嬉しそうに笑うのが見える。一体、何を話しているのだろう。

仁子までターゲットに接触するわけにもいかず、こそこそと隠れたままヤキモキする。

そんな仁子の心中を察してか、士郎からスマホにメッセージが届いた。

『当たりだ。千聖に伝えておいてくれ』

当たり、と言われても仁子にはよくわからなかったが、千聖に伝えれば何かわかるのだろうと踏んで、公園をあとにした。

帰宅すると、千聖は誰かと電話で話しているところだった。

喫茶ルームのカウンター内で珈琲（コーヒー）を淹（い）れながら、仁子に気づくとおかえりと唇が動く。席を外そうかと思ったが、おいでおいでと手招きをされたので、カウンター席に座った。

「いまのお話の他に何かわかったことはありますか？」

仁子の前に、カフェオレの入ったマグカップが置かれる。手袋をしていたのにすっかりかじかんでいた指が、カップのあたたかさにゆるりと溶けていく。

「そうですか、わかりました。ええ、はい。また何かわかったら教えてください。引き続きよろしくお願いします」

千聖は通話を終えると、ふ、と小さく吐息をついた。いつでも笑顔を絶やさず、仁子には疲れた様子を見せることもほとんどないだけに、そんな些細（ささい）な動作も気になってしまう。

「電話、誰からだったの？」

「警察」

えっ、と思わず腰を浮かせる。まさか遠藤の件が……と心臓が早鐘を打ち始めた。

「違う違う。ごめん、言い方が悪かったね。父さんのほうだよ」

「見つかったの⁉」

「残念ながらそうじゃない」

だから落ち着いてと、椅子を指差されてすとんと腰を落とした。

「この喫茶店の不動産名義が僕に変更されてたらしくて。知ってたかって確認された」

喫茶モーニングは父が始めた喫茶店だ。母を事故で亡くした翌月、銀行を辞めて喫茶店をやると言い出した時には、兄妹三人で焦ったものだ。父が自暴自棄になっているんじゃないかと思って。

しかしよくよく話を聞くと、心配は杞憂に終わった。父は昔から喫茶店を開くのが夢だったそうだ。定年したら田舎にこじんまりした店を開こう、なんて母と話していたらしい。それが、こんなことになってしまった。人生は何が起こるかわからない。だから、やりたいことを先延ばしにするのはやめたと言っていた。

父は、この喫茶店をとても大切にしていた。豆からこだわって淹れる珈琲も、アンティークの蓄音機から流れるクラシック音楽も、窓から見える花壇の花々も。

士郎が頻繁に手伝いに入るようになり、士郎の作る料理やデザート目当てのお客さんが増えても、「父さんが死ぬまでは父さんがマスターだからな！」と子供みたいな顔をして張り合っていた。

そんな父が、喫茶店を千聖に譲っていたなんて。

「ちーちゃんはそのこと知ってた？」

「いいや、初耳。そもそも僕はあんまり店の手伝いをしてなかったしね」

あまり、と本人は言うが、別の仕事についているのだから当然のことだと仁子は思う。

そんな千聖は珈琲の淹れ方を父に習っていた。店に立つわけでもないのにどうして習うのかと聞いたら、「父さんが風邪を引いたら士郎が代われるだろうけど、ふたりして風邪を引いたら店が心配でどっちも無理しそうじゃない。だから、もしものお守りみたいなもんだよ」と笑っていた。

「長男だからって理由で僕の名義にしたんだろうけど、どうせなら士郎名義にすればよかったのに」

士郎は大学卒業後、喫茶店の経営を手伝うことになっている。父は自分のわがままで始めたお店を息子に継がせる気はないと言っていたけれど、密かに喜んでいたのを仁子は知っている。

「どうしてお父さんは名義を変更なんてしたんだろう。もしかして……」

敢えて考えないようにしていたけれど、不吉な考えが頭から離れない。

「そうとは限らないよ」

言葉にしてしまう前に、千聖が先を引き取ってくれてよかった。言ってしまったら、現実になってしまいそうな気がしていたから。

「何か考えがあってのことだとは思うけどね。まったく、どこで何をしているんだろうねえ、父さんは。こんなにかわいい娘と息子たちに心配かけて」

ねえ？　とわざとらしく頬を膨らませる様子に、笑いが漏れる。本当に、何をしているのだろう。こんなにもあたたかい家族が待っているのに。

「また何かわかったら連絡くれるって言ってたから、長期戦の構えで待とう。にしても、警察も大変だね。大晦日まで働いてるんだから」

公共機関、医療機関など、休日も祝日も関係なく働く人々には頭が下がる。

深く頷いてから、カフェオレをひと口飲んだ。ブラウンシュガーの優しい甘みにほっと吐息をつく。ミルクと珈琲のバランスが絶妙で、まさに仁子好みの味だ。

「それで、そっちはどうだった？　士郎がまだってことは何かあったんでしょ？」

そうだった、と今日の報告を手短にする。千聖はカウンター内の椅子に腰を落ち着け、自分はブラック珈琲を飲みながら聞いていた。

「士郎がそう言ったの？」

「うん。ちーちゃんに、真優くんは昔の自分と同じだと伝えてって」

「だから士郎はまだ帰って来てないわけだ」

やはり、千聖には何か通じるものがあるようだ。

「昔のしろちゃんって、三朝の家に来る前のこと？」

「そういうことだろうね」

千聖と士郎は、ふたり同時に三朝の家に引き取られた。千聖が八歳、士郎が四歳の時だと聞いている。千聖と士郎は三歳差なので、千聖の誕生日後のことだったようだ。

仁子が三朝家に来た時にはすでにふたりの間には絆とも言うべきものがあって、羨ましく思ったことを覚えている。

「昔の士郎と同じってことは、真優くんは放置子だってことじゃないかな」

「放置子……？」

聞いたことはある。ネット上で一時期話題に上がったことがあるからだ。言葉の通り、『放置された子供』といった意味で、明確な定義があるわけではないらしい。親の関心が薄い、世話をしてもらえない、放っておかれる。そんな子供のことだというくらいしか、仁子には知識がない。

「僕も詳しいわけじゃないから、士郎の生い立ちで説明するしかないんだけど」

「それは……私が聞いても大丈夫な話？」

「士郎が僕に伝えてって言ったのは、それも含めてだと思うよ。仁子に、僕から話してほしいってね」

士郎は自分のことを話したがらないからね、と千聖は続ける。

「いまの士郎からすると想像するのも難しいけど、小さい頃はおしゃべりだったそうだよ。一歳半には意思疎通ができるくらいおしゃべりできたっていうから、相当早いよね」

子供の発語は個人差が大きいが、一歳半と言えば某有名長寿アニメに、ちょうど同じ年のキャラクターがいるなと思い出す。その子が「ハーイ」くらいしかしゃべれないことを思うと、おしゃべりができるなんてかなりすごい。

「生まれつき耳がよかったんだろうねえ。周りの大人の口調の真似がすごく上手かったらしい。それを大人が面白がったもんだから、どんどん上達して。子供って、褒められると調子に乗るじゃない。嬉しくて」

「いまもできるの？」

「自分からはやらないけどね。声の調子も似せるのが上手いよ。そんなに親しくない人とか電話だったらなりすましができるくらい」

士郎が人の声に敏感なことは知っていたけれど、声を真似できるとは知らなかった。

「でも、繰り返すと周りも飽きちゃうでしょ。で、次にうけることを探すわけだ。それが、仁子も知ってる士郎の特技」

「……嘘を見抜ける、こと」

「そう。士郎は人のちょっとした声音の変化で、その人が嘘をついてるかどうかを直感的に感じ取れる体質だよね」

真似っこに飽きられると、今度は周りの大人の嘘を指摘するようになった。それが些細な内容のうちは周りも面白がってくれたのだが、隠したい嘘を暴露されれば話は別だ。

「決定的なことが起こったのは三歳の時だっていうから、士郎の賢さはすごいものだよ」

千聖の口調はあくまで明るい。僕の弟はすごいだろう、と自慢しているようにすら聞こえる。もし、千聖が士郎の本当の兄だったら、このあとに続く話の結末は大きく変わっていたに違いない。そう思わせるほどの確かな愛情がそこにあった。しかし現実はそう上手くはいかない。その頃の士郎には、何があっても守ってくれる、何をしても味方でいてくれるような兄はまだいなかった。

「士郎は父親の不倫を見破って、母親にそれを話した。十年以上関係が続いてたらしいから、そりゃあ母親も怒るさ。大喧嘩（おおげんか）の末離婚……とならなかったのが、不幸なところだ。父親は家に帰らなくなり、母親はそんな現実から目を背けるために外に働きに出た。その結果、誰も士郎のことを見なくなった」

千聖の口元に、苦い笑みが浮かぶ。それが静かな、けれど強い怒りを表しているのだと、家族以外は知らない。

「僕は士郎より前にあの施設にいたからね。士郎が来た時のことも知ってる。興味本位で声をかけた僕に、なんて言ったと思う？」

――おにいちゃん、ぼくのこと見えるの？

「あの時、士郎はまだ四歳だった。コートを着るような季節だったのにTシャツ一枚で、そのTシャツは小さすぎてきつそうだった。髪も長くて、名前を聞くまで男の子か女の子かもわからなかった。放置されるっていうのは、そういうことだよ」

保育園や幼稚園に通わせていなかったため、発覚までに時間がかかってしまったらしい。親戚が訪れた時には母親は半分ノイローゼに陥っていた。一度両親と引き離したほうがいいとその親戚が説得し、施設に入る運びとなったという。

士郎がその珍しい体質のせいで施設に入ることになったのは知っていたけれど、そこには想像していたよりもずっとつらい過去があった。幼い日の士郎を思うと、胸が痛い。

「士郎や仁子が僕の弟妹になったことは本当にラッキーだと思ってる。でも、そうなったきっかけまで『よかった』なんて言えるほど、僕は楽観的じゃないんだ。いまでも、士郎の元両親には、何かバチが当たってほしいと思ってるよ」

直接手を下しはしないけどと言いながらも、士郎が望むなら実行してしまいそうな危うさが千聖の瞳には浮かんでいた。

「まあ、全部母さんたちから聞いた話だから、士郎の主観まではわからない。僕が士郎だったらそんな両親恨みたくなると思うけど、士郎はどうかな」

士郎だったら、と千聖は言うが、その千聖もまた、両親の意思で手放された子供だ。そこに止むを得ない事情はあったのかもしれないけれど、恨んでもおかしくないと仁子は思う。仁子が、かつての親……実父を憎んでいるように。

「というわけで、昔話はおしまい。ちょっとはしょったこともあるけど、これ以上話してると士郎が凍えちゃうからね」

千聖の視線を追って振り返ると、窓に士郎らしき影がちらりと見えている。一体、いつからそこにいたのだろう。

仁子は慌てて士郎を迎えに出た。ドアの上についているカウベルが、コロロンと優しい音を立てる。

「終わったか？」

「……うん」

仁子と千聖がなんの話をしていたのか、士郎には聞こえていたのかもしれない。ドアは閉まっていたし、多くはないが人通りもある。外はたくさんの音が入り混じっていて、店内の会話なんて聞こえるはずがないのだが、士郎なら、聞こえていても不思議はなかった。

「おかえり、士郎。珈琲あるよ」

もらう、と士郎が口端をわずかに上げる。ふたりの間で、何を言わなくても理解し合っているような空気が流れた。

「真優くんに声かけたんだって？　どんな子だった？」

ターゲットに接触したことを、千聖はまったく気にしていないらしい。

「写真だけ見ると素直そうな子に見えるけど」

「素直なんじゃないか？　ちょっと話した程度じゃ断言はできないが、少なくともひねくれてる感じはなかった」

「へえ。いいことだね。じゃあ、親を恨んでる感じはなかったってこと？」

何を言い出すのかと、カフェオレを噴き出しそうになった。

「ち、ちーちゃん！」

士郎にとってとても繊細な話になりかねないのに、聞き方がダイレクトすぎる。千聖を止めなくては、と指でバッサイン作った。横に士郎がいる前でやっても、意味はないかもしれないけれど。

「Gファイルに載ってたってことは、訳ありな子ってことでしょ。もしあれが加害者リストなら、加害をしてる可能性がある。小学生だからって、加害者にならないとは言い切れないしね」

ではその加害の矛先はと考えた時に、一番に思いつくのが真優の場合は両親だろうと千聖は言う。

「僕は経験者じゃないから実際のところはわからないけどね。ぶっちゃけ、士郎は前の親を恨んでないの？」

あああ、と仁子の口からか細い声が漏れる。これでは、なんのために士郎のいないところで過去の話を聞いたのかわからない。

あわあわと焦る仁子の頭に、士郎の手が優しく載せられた。言葉にされたわけではないけれど、お礼を言われたような気がする。

「俺はあの人たちを恨んだことはない。元をたどれば、俺が自分で原因を作ったんだしな」

「なんでさ。士郎が悪いことなんて一個もないでしょ」

間髪入れずに突っ込んだ千聖に、士郎が微苦笑を零す。

「俺が父親の嘘を見抜かなければ、母親は何も知らないまま平穏に暮らせたかもしれない。長年浮気をされていたのに別れようとしなかったくらいだ。たとえ表面上の夫婦でしかなかったとしても、裏切りなんか知りたくなかっただろう」

士郎の語る話の中には、士郎がいない。そのことが、仁子には悲しかった。

「嘘の上に成り立つ幸せなんて脆いもんだよ。いつかどこかで綻びが出る。だから、士郎は間違ったことは何もしてない。この僕が言うんだから、確かだよ」

胸を張って言い切った千聖に、今度ははっきりと士郎が笑った。士郎の中の小さな士郎が慰められ、笑っているかのようだった。

「俺がそうだから真優もそうだとは言い切れないが、親を恨んでる感じも嫌ってる感じもなかったと思う」

真優、と親しげに呼ぶ様子に少し驚く。今日一日で、士郎はどれほど距離を縮めたのだろう。

「ただ、好いてる感じもなかった。執着が薄いのかわからないが、お互い無関心なのかもしれない」

「なるほどねえ。じゃあ、親に何かしてるって可能性は低そうなわけだ。問題児ってわけでもなさそうだし、ますますわからないね」

Gリストに記載のある人物たちは、一体なんなのか。

話すならいまかもしれない。あのファイルには、仁子の名前も載っていたと。仁子だけじゃない。頭についている数字が【0】のグループの中には他にも見知った名前が並んでいた。

よし、いま言おうと覚悟を決めた時、千聖が「このあとはどうしようか」と話を進めてしまった。一度タイミングを逃してしまうと、開きかけた口は余計に重くなる。

「ひとまずは監視を続けるしかないんじゃないか」

「まあ、そうだよね。じゃあ、士郎には真優くん本人にそれとなく探りを入れてもらって、監視は仁子と僕でがんばろっか」

どうやら、今年のお正月は寝正月とはいかないようだった。

元旦すら、真優は一日コンビニとスーパーと公園で時間を潰していた。毎日毎日、ただひたすら夜になるのを待っているように見えた。

仁子と千聖が遠くからそれを監視する中、士郎は毎日三十分程度、真優と遊んだ。真優は元々人懐こい性格なのか、士郎が来ると笑顔で駆け寄り、非常に懐いている様子だった。士郎は士郎で、調べるためというより年の離れた弟と遊ぶのを楽しんでいるように見えた。

意外だったのは千聖の反応だ。

「別に仲良くなるのはいいんだけどねー？　もうちょっとさー？　僕とも遊んでくれてもいいと思わない？」

完全に、拗ねていた。

仁子たちは公園が見えるスーパーの二階、エレベーターホールになっている空間にある、大きな窓の前に陣取っていた。千聖は柱に背を凭れさせて座っている。その座り方にも、ふてくされている様子が窺える。

士郎も小学生くらいまでは千聖とよく遊んだらしいのだが、中学生になると徐々に兄離れをしてしまい、いまではすっかり付き合いが悪くなったと嘆く。

「子供の頃は僕にくっついて回ってたのになあ。それがいまじゃあれだもんね。どうしてあんなに無愛想になっちゃったのかなあ。士郎の表情筋、もうちょっと鍛えたほうがいいと思わない？」

千聖はぶつぶつと文句を言いながらも、双眼鏡から目を離さない。

仁子は士郎が無愛想だとは思わないが、千聖ほど感情表現が派手ではない理由にはちょっと心当たりがある。仁子もまた、同じだからだ。

それは、三朝家の父母、そして特に千聖に原因がある……と思っている。

士郎も仁子も、この三人に可愛がられ過ぎたのだ。いや、現在進行形なので、過ぎている。

子供の頃から、何をしてもとにかく褒められた。悪いことをすれば当然怒られもしたが、それは必ず万全のフォローとセットだった。

さらにこの三人は、気がつくし気が利く。例えば、仁子がほんの一センチ前髪を切ったとしても、即座に気がつき褒めてくれる。風邪気味で喉の調子が悪いと思っていたら、何も言っていないのにかりんジュースが出てくる。

このように甘やかされた結果が、いまの仁子と士郎だ。派手なアピールをしなくても気持ちを汲んでもらえることに、身体がすっかり慣れてしまった。もちろん、表情筋も。

千聖は士郎の愛想がないと口では言っているけれど、弟のほんのわずかな表情の変化も見逃さない。むしろ、家族にしかわからないその繊細さを愛でている。

千聖も同じ両親の元で育ったのだから、同じように育ってもおかしくはなかったのだけれど、そこは元からの気質の違いか、弟妹への愛情が強過ぎたのか、独自のテンションの高さを維持している。

テンションの高い兄も高くない兄も、仁子には自慢の兄に違いはない。ふたりとも機嫌の上下がほぼないところなど、特に尊敬している。睡眠時間が足りないと、途端に不機嫌になってしまう自分とは大違いだ。

「あ、士郎が離れた。今日の遊びは終わりかな」

千聖の口調はどこか嬉しそうだ。よほど、自分も士郎と遊びたいらしい。

仁子も横から目を細めて公園を見たが、人が動いているくらいしかわからなかった。

「あれ、真優くんは残ってるね。今日はこのまま公園にいるのかな。この寒いのに」

三が日も過ぎ、徐々に正月気分も抜けてきた一月五日。空は晴れて心地よいが、一日中外にいたい気温ではない。真優は大人ものらしい、サイズの合っていないダウンジャケットを着ているけれど、マフラーや手袋はしていなかった。

真優の監視を続けていると、十分ほどで士郎が合流した。手には小さいエコバッグを下げている。中身はこのスーパーで買った焼き芋のようだ。お腹の空く香りがする。

「お疲れー。真優くんはどうだった？」

つい先ほどまで拗ねていたことなどまるで感じさせない千聖の笑顔に、仁子は内心で拍手をする。気持ちの切り替えが早いのか、切り替わっていなくてもそう見せるのが上手いのか。どちらにせよ、仁子にはできない芸当だ。

「今日はこれから友達と遊ぶそうだ」

言いながら、士郎が焼き芋を配る。監視中におやつタイムなんてちょっと緊張感に欠けるけれど、腹が減ってはなんとやらだ。

「なんだ、友達いたんだ」

失礼なことをさらりと言うが、千聖に悪気はない。千聖は友達が多いが、ひとりでも問題なく過ごせるタイプだから、友達がいなくても気にならないのだろう。

仁子は少し、気になる。ひとりでいるのがつらいのではなく、ひとりでいる自分を誰かに心配されていたらと思うといたたまれない。気にしすぎだとわかってはいても、周りの目を意識せずにはいられなかった。

「ああ、俺もそう言った」

ここにも、世間体なんてものとは無関係の人がいた。士郎は大口で焼き芋にかじりつきながら、目を凝らして公園を見つめる。よく見えなかったのか、千聖の双眼鏡に当たり前のように手を伸ばした。

「ちょっ……士郎、首絞まるんですけど」

「首から外せばいいだろう」

「ええー？　そこはかーしーてって言うとこでしょうに」

雑な扱いを受けても、千聖は嬉しそうだ。よかったね、と仁子は心の中で言い、熱々の焼き芋を頬張った。しっとりと滑らかな食感に、しっかりした甘みが口の中に広がる。今日の芋の種類は確か、シルクスイートと書かれていた。覚えておこうと頭に名前を刻んだ。

そのまましばらく、焼き芋を堪能しながら監視を続けた。ここが山かどこかで、双眼鏡の先に野鳥でもいればのどかなことこの上ない光景だった。

「そろそろ友達が来る時間だ。移動するぞ」

ここまで離れていたのでは、さすがの士郎でも聞こえない。

三人でスーパーの外に出ると、空気の冷たさに身体が竦んだ。思わず腕をさする。その途端、右からイヤーマフがつけられ、左からはマフラーが巻かれた。マフラーは仁子自身のものの上から巻かれたので、モコモコ具合がすごい。

「ありがとう、ちーちゃん、しろちゃん。でも大丈夫だよ……？」

「いいからいいから。風邪ひいたら大変だからね」

「……うん」

冬の寒さをしのぐのに一番効果があるのは、こうした優しさなのかもしれない。鼻先までマフラーに埋もれながら思う。真優にも、こんな風にマフラーを差し出してくれる人がいたらいいのに、と。

移動した先は、公園裏手の自動販売機横。士郎は目立たないように公園からは死角になる側面側に立ち、前に千聖が立つようにした。ふたりとも身長がほぼ同じなので、被ってしまうと上手いこと隠すことができる。

「真優くんの友達はどんな子だろうねえ。何かヒントになればいいけど」

真優を監視していても、Gリストの謎に繋がりそうなことは何ひとつ起こっていない。そろそろ、何かしらの進展がほしかった。

「クラスメイトだそうだ。ゲームをして遊ぶ約束らしい」

真優はいつもバッグの類は持っていない。それが今日は手のひらより少し大きいくらいのポーチを持っていた。あれはゲーム機だったのか。

仁子はコンピューターにはそれなりに詳しいつもりだが、ゲームはさっぱりだ。いまの小学生がどんなゲームをするのかなんて、見当もつかない。

「お、来たんじゃない？」

不自然にならないように気をつけながら背後を窺う。ブランコに座る真優の元に、同じような背格好の子供が近づいていく。こちらは真優と違い、マフラーも手袋もしっかり身につけていた。

ふたりは何かおしゃべりをしたあと、ブランコを漕ぎ始めた。競うみたいに、どんどんブランコの揺れが大きくなっていく。あんなに高く漕いで、危なくないのだろうか。遠くから見ているせいで、余計に心配になる。何かあっても、ここからでは間に合わない。

ハラハラ見守っていると、友達のほうが勢いよくブランコから飛んだ。反射的に目をつぶってしまったら、次に目を開けた時には真優が飛ぶところだった。

ブランコの位置が一番高くなったところで、思い切りよく飛び出す。真優の軽そうな身体が宙に放り出された。それと同時に、小さなポシェットも空を舞う。

「あ」と仁子と千聖の口から同時に声が出た。

無事に着地をした真優とは違い、ポシェットは自分で着地なんてできない。茂みにでも落ちればまだよかったものの、運悪くポシェットは何もない場所に落ちた。真優が慌てて駆け寄って拾い上げ、ちょっと遅れて友達も様子を見に来る。

「……結構飛んだねえ。あの中身がゲームだとしたら、壊れてないといいけど」

実際には聞こえなかったけれど、ポシェットが落ちた瞬間、ガシャンと何かが割れる音が頭の中で聞こえた。

ポシェットを開けた真優が、中から小型のゲーム機を出して確認するのが見える。それからすぐ、友達と揉め始めた。

「止めなくていいのかな」

喧嘩は徐々にヒートアップしている。そうこうしているうちに、友達が真優の肩を強く押した。真優はバランスを崩し、派手に尻もちをつく。押した友達のほうが怯んでしまうような転び方だった。

「行ったほうがいいんじゃ……」

「行かなくていい」

動きかけた仁子の腕を、士郎が掴んで止めた。でも、と見上げると、士郎は眉根を寄せて真優たちの様子を見ていた。

何もできずに見守る時間は長く感じたが、実際は十分も経っていなかっただろう。友達がリュックから自分のゲーム機を取り出して、それを真優に突き出した。真優はそれをおずおずと受け取り、代わりに自分のゲーム機を渡す。

何が起こっているのかわからず、仁子の眉間にもしわが寄った。

友達は真優の壊れたゲーム機をリュックにしまうと、肩を怒らせ行ってしまった。真優はその背中が見えなくなるまで立ち尽くし、完全にひとりになるとゲーム機をポシェットにしまい、何事もなかったようにブランコを漕ぎ始める。

「……どういうこと?」

「心優しい友達が、自分のゲーム機と壊れたゲーム機を交換してあげた。……なんて美談にはあんまり見えなかったね。士郎、説明よろしく」

士郎はまだ、眉間に深いしわを寄せている。

「考えを整理したい。一度家に戻ろう」

仁子は首を傾げ、千聖はそれに軽く肩を竦めた。

喫茶モーニングの店内は静謐で、空気がひんやりとしていた。帰るとすぐに、仁子は中央にある大きな暖炉に火を入れた。パチパチと火の爆ぜる音が聞こえてくるだけで、早くもあたたかくなった気がするから不思議だ。

店のドアには、【正月は七日までお休みします】と張り紙を貼ってある。例年は四日から営業していたのだが、今年は副業で忙しいのでお休みすることにした。

「ココア？　珈琲？　紅茶？」

カウンター内に入った千聖が仁子と士郎の両方に聞く。

「ロイヤルミルクティー」

士郎の提案に仁子も乗った。珈琲も美味しいが、千聖の淹れる紅茶もまた、格段に美味しい。はちみつをたっぷり入れて飲むと、誰かに優しくしたくなる、そんな味をしている。

ミルクをあたためるコトコトという柔らかい音が聞こえ始めた頃、ようやく仁子はマフラーを外した。士郎のものと自分のもの、二枚をハンガーにかける。コートはまだ着ておいた。寒がりなせいで、ちょっと寒いと感じるだけで動くのが億劫になってしまうのだ。コートを着たままでは動きづらいので、どちらにせよ省エネモードで動くことにはなるのだが。

「はい、お待ちどうさま」

熱々のロイヤルミルクティーがカウンターに置かれ、仁子はその上に覆いかぶさった。

「……好きだねえ、それ」

こうすると、香りも楽しめるし顔もあたたまるから一石二鳥だ。家族の前でしかやらないように、と千聖からは注意されているが、むしろ他の人にも教えてあげるべきライフハックなのではないかと密かに思っている。

「鼻の頭を火傷しないようにな」

士郎ははちみつをたっぷり入れてから、カップを口に運んでいた。千聖に言わせると、士郎も仁子もかなり甘党だという。珈琲に入れる砂糖の数は、千聖が0個、士郎が八個、仁子が四個。確かに士郎は甘党かもしれないが、仁子は甘党というほどだろうか。

「あれはわざとだったと思う」

前置きなしに始まった士郎の話に、千聖が「真優くんがゲーム機壊したことが?」と補足を入れた。

「ああ。ふたりでブランコを始めただろう?　あれは、真優が誘ったんだ。どちらが遠くまで飛べるか競争しようと」

「けど、狙って壊せる?」

「もしかしたら、最初から壊れていたのかもしれない。真優は初めから、自分のゲーム機と友達のゲーム機を交換させるのが目的だったんだと思う」

経緯はわからないが、確かに真優は友達のゲーム機を手に入れた。けれど、必ず友達が交換してくれるかどうかなんて、わからないのではないか。

そう指摘した仁子に、士郎は首を横に振った。

「友達に選択権はなかったんだ。真優は遠回しに脅して、ゲーム機を手に入れた」

「んー、わかんないな。ゲーム機を壊したのが友達ならまだしも、あれは真優くんが自分で壊したじゃない。脅迫材料がなくない?」

千聖の言う通りだ。ゲーム機を落としたのは真優本人であって、友達ではない。友達には、真優のゲームを壊した責任はないはずだ。

「材料ならある。ブランコに誘ったのが真優でも、競争をしようと口に出して言ったのは友達のほうだったからな」

「どういうこと？」

「真優は、競争を持ちかけるよう友達を誘導したんだ。ゲーム機が壊れた責任を負わすために」

「誘導って……」

小学生が、会話で相手を誘導なんてできるものだろうか。自分が真優と同じ年だった頃のことを思い出してみるが、とてもできるとは思えない。

「士郎はそういう会話を聞いたってわけだ」

士郎は少し考えるそぶりをしてから、おもむろに口を開いた。

『ゲームする前にブランコで遊ばない？』

『えー、ブランコとかダサくない？』

『ダサいかな？　ぼく、ブランコで遠くに飛ぶのすごい得意なんだよ』

『ああ、あれな。おれも得意だった』

『あの柵とか越えたこともあるよ』

『え、あれを？　へ、へえ、やるじゃん。まあ、おれもあるけど』

『ほんとに？　ぼく以外で越えたことある子なんか見たことないけど』
『ほんとだって。じゃあ、どっちが遠くまで飛べるか競争しようぜ』
『……いいよ』

何が起こっているのか、すぐには頭が追いつかなかった。士郎の口から、子供の声が聞こえる。それも、ふたり分の。

これが、千聖が言っていた仁子の知らない士郎の特技か。

口調を真似るのが上手いというレベルじゃない。目を閉じていたら、そこに子供がいると勘違いしたと思う。それくらい、完璧にコピーされている。

「どう思う」

声真似の感想かと思ってすごいと言いかけたが、千聖が先に答えた。

「確かにそれだと、真優くんが誘導してる感じがするね」

そっちのことか、と仁子はきゅっと唇を引き結ぶ。おかしなことを言わないでよかった。

「でもさ、ただ競争したかった可能性もあるよね。ブランコに付き合ってほしくて誘導したのかもよ？　その会話だけでゲーム機の交換が目的だったと思う根拠は？」

「その会話だけじゃない」

『ゲーム機を壊されたってきみのお母さんに言っていい？　それとも先生に言うほうがいいかな？　佐藤(さとう)くんにいじめられてますって』

士郎がまた、子供の声で言った。その口調は無邪気なだけに不気味に感じる。

「ゲーム機を交換しろと言ってるわけじゃないから、脅したとはぎりぎり言えないラインだ」

「士郎の言う通り、真優くんがゲーム機狙いで友達を引っ掛けたなら、結構性格悪いね」

士郎が小さく吐息をつく。

「……俺が見抜けなかっただけかもしれない。ただ、真優みたいな環境の子供は、大人への愛想がいい場合が多い」

「そうなの？」

かつての士郎もそうだったのだろうか、と頭の片隅で思う。

「両親の代わりに自分の世話をしてくれるかもしれないからな。相手をしてくれそうな大人を見つけると、懐いて気を引こうとする傾向がある」

それが、放置されている子供にとっての生きていくための知恵なのだとしたら、そんな悲しいことはない。

「なるほどねえ。真優くんが見た目通りの天使じゃないってことは確かそうだ」

真優の監視は引き続き行うことにし、仁子たちは話し合いを終えた。

三日後の冬休み明けから、真優の不可解で不愉快な行動を何度も目撃することになるなんて、この時は思いもしなかった。

学校が始まると、真優は毎日誰かしらと一緒に遊ぶようになった。どうやら、冬休みの間はクラスメイトたちが旅行などで家を空けていたから、ひとりきりで過ごしていただけのようだ。

寒空の下、公園でひとりコンビニパンを食べる姿を見かけなくなったのは喜ばしい。けれど、三日に一度の割合で問題は起きた。

「今日はどうだ?」

夕方、早めに店を閉めた士郎が、先に来ていた仁子に合流した。場所は、真優のいる公園のすぐ裏。士郎がいない時は、このぐらい距離が近くないと何が起こっているのかわからないためだ。

真優の遊び場は公園が多く、それを監視する仁子たちも必然的に公園周りにいることが多くなる。真優が通報しなくとも、真優と遊んでいる友達やその親が仁子たちを不審人物だと思い、通報したら困るため、監視要員は千聖によって簡単な変装が施されていた。

今日の仁子は、都内の私立女子校に通うお嬢様……という設定らしい。制服は千聖が仕事のコネを使って借りた本物の某有名女子校のもので、仁子の長い髪はボブヘアーのウイッグの中に綺麗(きれい)に収められている。簡単どころか、かなりハイクォリティーな変装だと仁子は思う。

品行方正のお嬢様なら、公園前で何もせず立っていても通報はされない。というのが千聖の持論だった。

士郎は士郎で、やはり変装をしている。千聖がいないのでそのコンセプトまではわからないが、さしづめ妹を迎えに来たスポーツマンの兄といったところか。

士郎は目深にかぶったキャップを軽く押し上げ、目を眇めて公園を見つめている。見ようとしているのではなく、聞こうとしているのだろうけれど。

真優が友達と遊ぶようになったので、士郎はこのところ真優に接触していない。少しだけ、それを残念がっているようにも見えた。

「今日はまだ何もしてない。何人かと遊んではいたけど、いまはひとり」

「そうか。……前みたいなことが起こらないといいが」

士郎が言っているのは、二日前のことだろう。

真優が、友達から野球ボールを取り上げた事件のことだ。

友達と公園で遊んでいるなと思ったら、真優が何か言い、友達がそれに怒って真優の肩を押した。それがベンチに座っている状態なら、軽い喧嘩で済んだだろう。しかし、真優たちは遊具の上にいた。

その遊具は滑り台と縄を使って登る高台がくっついた、比較的高さのあるもので、押された真優はその上から地面に落ちてしまった。幸い、遊具の周りは砂場になっており、救急車を呼ぶような事態にはならなかった。もし下が固いコンクリートだったら、真優が落ちることもなかったのかもしれないが。

真優は肩が痛いと泣き、焦った友達が自分の母親を連れてきた。母親が到着するまでの間、真優は暇そうに待っていた。肩が痛いようには見えなかった。

到着した母親は青い顔をして、真優を自分たちの家に連れていこうとした。そこは病院ではないのか、と仁子は不思議に思ったが、理由は千聖が教えてくれた。

病院に連れていけば、自分の子供が加害をしたという噂が立つかもしれない。母親は、それを避けたかったのだろう、と。

そんな理由で、と思ってしまったけれど、人の親になったことがない仁子にはその母親の気持ちはわからない。自分の子と他人の子。何を優先して何を守るのか。

常識なんてものは、人の感情が加われば途端にあやふやになる。正義の定義すら、個人の主観によるのだから。

結局、真優は友達の家には行かなかった。かといって、病院にも行かなかった。

母親は一度家に戻り、すぐに戻ってきた時には手に野球ボールを持っていた。それを真優に渡す時、友達は涙ぐんでいた。決して、そのボールを渡すことを承諾したようには見えない顔だった。けれど真優は譲らず、母親もまた子供の宝物を渡すことを選んだ。

騒動が収まり親子がいなくなってから、真優は手に入れた野球ボールを弄びながら帰っていった。その顔は満足そうだったけれど、野球ボールの扱いは雑だった。

それが、仁子たちが目撃した真優の問題行動の二度目だった。

ゲーム機に始まり、サイン入りの野球ボール、さらにはペンダントとその後も真優の犯行は続いた。一度や二度なら、問題行動とまでは思わなかっただろう。けれどさすがに三度目を目撃してしまうと、たまたまだとは思えなくなった。

おそらく真優は、日常的に人から物を奪っている。それも、相手が大切にしている宝物ばかりを。

相手の行動を操り、事故を装う。わざと相手を怒らせて自分に加害をさせる。それが真優の手口のようだった。計算してやっているのなら非常にタチが悪い。当たり屋の手口に近いよね、と千聖は言っていた。

これを当たり屋がやっていたら、確実に犯罪だろう。けれど、やっているのは小学四年生の子供で、金銭を要求したことは一度もない。子供のやることだから……で片付けていい話なのかどうか、仁子には判断がつかない。

Gリストに真優の名前が載っていたのは、この問題行動のせいなのだろうか。そうだとすると、やはりあれは犯罪者または犯罪者予備軍のリストなのか。しかしそうするとまた別の疑問が浮かび上がる。

あの父が、こんな子供を犯罪者予備軍などと考えるだろうか、ということだ。ましてや、Gリストには仁子の名前も載っている。

三朝の家に引き取られてから一度とて、仁子は父からの愛情を疑ったことはない。それだけ、全力で愛されたと思っている。あの愛が嘘だというのなら、世の中の何も信じられなくなってしまう。

そもそも、犯罪者リストだとしたら、父が持っていたのはなぜなのか。それに、隠し持っていたらしきものを仁子たちに見つけさせた理由もまた、わかっていなかった。

父は、何を抱えていたのだろう。仁子たちが知っている父とはまた別の顔があるのかもしれないと思うと、息苦しくなるほど胸が締め付けられる。

もの思いにふける仁子を他所に、真優は公園の時計を確認するとぴょん！　と飛び降りて歩き出した。気づかれない程度の距離を保ちながら、仁子たちもあとをついていく。

どこか友達の家にでも行くのかと思ったが、真優が他所の家に上り込むことは見ている限りでは一度もなかった。一月の寒空の下、誰と遊ぶ時も外にいる。

雨の日はどうしているのだろう、とふと思う。傘をさした真優が、ひとりでぼんやりと公園に立っているところを想像してしまい、胸が痛んだ。やっていることは褒められたことではないけれど、まだ小学生なのだ。冬の、寒い雨の日くらいは、あたたかい家の中で笑っていてほしい。

十分ほど歩いた頃、目的の場所についたようだった。

見るからに羽振りが良さそうな一軒家の前で、真優が立ち止まる。そういえば、真優の被害者たちもみんな、裕福な家の子供だった。身につけているものがブランド品だと千聖が言ったので調べてみると、どの家も非常に潤った経済状況の家庭だとわかった。

お金持ちを狙っているのだろうか。けれど、お金持ちに恨みがある……とは考えづらい。真優自身が裕福な家庭の子供だからだ。この辺りが高所得者層が多く住む地域なので、単にヒット率が高い可能性もある。

なんにせよ、真優がどんな目的で問題行動を起こしているのかは、まだわからなかった。

「誰か待ってるのかな」

仁子たちは数軒離れた電柱の影から、真優を監視していた。電柱の影でこそこそしているふたり組は怪しさ満点だったが、住宅街なので身を隠せるようなところが他にない。

真優は一軒家の中を背伸びをして覗き込んだりしている。その様子は、テレビで見た芸能人の『出待ち』によく似ていた。

「公園で時計を見てたしな。この家の子供と約束してるのかもしれない」

それから数分後、真優のお目当ての相手がわかった。

一軒家のドアが開き、中から派手な身なりの女性が出てくる。と同時に、真優が嬉しそうに駆け寄った。女性の足元にいた、小さな犬に。

「あら真優ちゃん、こんにちは」

「こんにちは、彩子さん。今日も散歩一緒にしてもいいですか？」

「いいわよ」

やった！　と跳ねて喜ぶ姿は、ただの犬好きにしか見えない。

今日は心配するようなことは起こらなそうだ、と仁子は胸を撫で下ろす。

「柴犬だな」

「小さいね。子犬かな」

「いや、そうとは限らない」

真優がしゃがみ込んで撫でている柴犬は、子犬のように小さい。士郎に聞くと、一般的に豆柴の名称で呼ばれる犬らしい。成犬でも柴犬の子犬程度の大きさにしかならず、人気が高いのだとか。犬種のひとつかと思っていたが、豆柴を固有の犬種と認めていない犬種団体も多いという。

士郎は昔から子供と動物に好かれやすい。それを生かして犬の散歩代行のアルバイトをしていたこともあるため、犬についてはちょっと詳しかった。

黒い毛並みの豆柴は、小さな尻尾を小刻みに振っている。真優に随分と懐いているようだ。真優は女性にリードを任され、意気揚々と歩き出すところだった。仁子たちも距離を保ちながらついていく。

「柴犬は飼い主以外に懐かないこともあるんだが、あの犬は愛想がいいんだな」

むしろ、豆柴は飼い主の女性よりも真優に懐いているように見えた。歩きながらチラチラと見上げるのも、真優の顔だ。真優は犬と目が合う度にニコニコと笑い返している。

「真優くん、楽しそうだね」

友達といる時も、真優はニコニコしている。でも、その笑顔はどこか作られたもののように仁子には見えた。真優の置かれた環境や問題行動を知っているからかもしれないが、いま豆柴に向けている笑顔こそが、本物のそれに思える。

真優たちがいつもの公園に入っていくのを見て、合点がいった。犬の散歩コースと真優のテリトリーが重なっているなら、知り合いになっても不思議はない。真優はほぼ毎日公園にいるし、犬も毎日散歩する必要があるのだから。その割に、仁子たちはこの女性を見かけたことはなかったけれど。

真優は女性に許可を取ってから、豆柴のリードを外して一緒に遊び出した。駆けっこにボール投げとふたりとも楽しそうで、非常に微笑ましい光景だ。飼い主の女性もさぞあたたかく見守っているだろうと思いきや、彼女はベンチで熱心にスマホをいじっている。

懐いているとはいえ、小学生と犬だけで遊ばせていて大丈夫なのだろうか。子供だけで犬の散歩をしているのを見たこともあるし、心配するほどのことでもないのか。

士郎に聞いてみようかと口を開きかけたら、待て、と手のひらを向けられた。真優が、犬の前に座り込んで何か話している。

「駄目だ……っ」

聞き耳を立てていた士郎が、顔を強張(こわば)らせて公園の入り口に向かって走り出そうとした。

しかし、遅かった。

「痛い！」

甲高い子供の悲鳴が響く。

目にした光景に、仁子が、飼い主の女性が、凍りつく。真優の小さな手に、豆柴が牙を立てている。

慌てて駆け寄ろうとした仁子の腕が、後ろにぐん、と引っ張られた。驚いて後ろを振り仰ぐ。

「しろちゃん！」

「間に合わなかった。いまから行っても意味がない」

「そんなこと……っ」

「真優の怪我は大したことないはずだ。いいから、このまま監視を続けるぞ」

公園からは、まだ真優の泣き声が聞こえていた。飼い主の女性はおろおろと真優の頭や肩に触れている。

豆柴は、ふたりの横に座っていた。興奮した様子はなく、落ち着いた目で、行儀よく。子供の手を噛(か)んだあとには、とても思えない。まるで、誰かの指示で動き、いまもその指示を待っているようにすら見える。

そこまで考えて、ハッとする。仁子が答え合わせをするみたいに士郎の顔を見ると、苦々しい顔で頷かれた。

真優が、またやったのだ。

犬の行動を誘導できるのかはわからないが、真優の怪我は大したことないと士郎が言い切ったことから、わざと噛ませたのは確かだろう。いままで友達相手にしか問題行動を起こしていなかったから、油断していた。まさか、大人相手にもやるなんて。

士郎はずっと、険しい顔で真優たちのほうを見つめている。時折、女性の声のカケラが仁子にも聞こえた。「でも」「それはやめて」「本当に？」と断片的に聞こえる言葉から、真優が交渉をしていることがわかる。

どうして、という気持ちでいっぱいになる。何が、真優にこんな行動を取らせるのだろう。

しばらく真優と女性の話し合いは続いたが、折れたのは女性のほうだった。

初めは真優と視線を合わせようとしゃがんでいたのが、途中から屈む程度になり、最後には普通に立って話していた。話し合いが進むにつれ、女性の機嫌が悪くなっていくのが遠目からもよくわかった。

どんな話し合いだったのか、士郎に聞けば教えてもらえただろう。でも、あまり聞きたくはなかった。

最終的に、女性はひとりで公園を出ていった。通り過ぎざまに見えた女性のまなじりは、きつくつり上がっていた。

真優が女性から奪い取ったもの。それはあの黒い豆柴だった。

「……犬は、ダメだと思う」

「同感だ。さすがに度を超えている」

生き物は、ゲーム機や野球ボールとは違う。

飼い主がいなくなった公園で、真優が豆柴の頭を撫でている。置いていかれた豆柴は、状況がわかっているのかいないのか、嬉しそうに尻尾を振っていた。

一度家に戻って、兄妹会議を開くべきだろうか。

どうしたらいいか迷った時は、兄妹会議を開くようにしている。子供の頃からずっとそうしてきた。三人で話し合えば何かしらの案は出るし、道を選びかねた場合も多数決で決めやすい。

迷っている間に、真優が犬を連れて歩き出す。ひとまず士郎と共にあとを追った。

真優が向かったのは、仁子たちが隠れ場所に使わせてもらったあのスーパーだった。犬を中に連れてはいけないので、スーパーの入り口にリードを結びつけている。

「ここで待ってて。知らない人に連れていかれそうになったら、大きな声で鳴くんだよ」

距離が近かったので、仁子にも真優の声がはっきりと聞き取れた。

犬が連れ去られることを心配しているが、その犬はついさっき真優が女性から奪い取った犬だ。それを真優がなんとも思っていないのがよくわかる。

地下の日用品が売っているフロアへ向かうのを見守ってから、遅れてついていく。目の前を通り過ぎる仁子たちを、豆柴はじーっと黒い瞳で見つめていた。その目には知性が感じられて、少し居心地が悪かった。あとをつけていることを咎められている気がするのは、気のせいだろうか。

真優はペット用品売り場にいた。真剣な顔でドッグフードを選んでいる。手には、先に選んだらしい新しい首輪を持っていた。

「……飼うつもりなんだね」

手に入れたら満足し雑に扱う、ということは犬に関してはなさそうでほっとする。

「飼う気はあっても、どこで飼うのかが問題だ」

子供が動物を飼いたいとしても、両親がそれを了承するとは限らない。真優の家の事情を考えると、まず反対される気がする。それに……と仁子はスマホで真優の住んでいるマンションを調べる。

「……ペット禁止」

だろうな、と士郎が溜息(ためいき)をつく。どういう意味かと顔を上げると、真優がお店の人から不要な段ボールをもらっているところだった。

「家で飼うつもりなら、あれはいらないだろうからな」

おそらく、段ボールを犬小屋代わりにするつもりなのだろう。

色々な意味で、見逃せないことが増えてきた。

やはりここは一度千聖にも相談を……と言おうとした時、士郎の電話が鳴った。士郎は手振りで謝るとその場を離れようとしたが、その間もなく電話を切る。

「大学に呼び出された。仁子、ここを任せていいか」

「うん、わかった」

「何かあったら仁子の判断に任せる。今日は千聖も帰りが遅いと言っていたから、適当なところで切り上げて帰ってくれ」

やや早口に言うと、士郎は小走りで行ってしまった。トラブルでなければいいけれど、とその背中を見送る。

適当なところで切り上げろと士郎は言ったけれど、どの辺りが適当なのか悩む。千聖の帰りが遅いのは想定外だった。どうせ兄妹会議が夜になるのなら、真優が家に帰るまでは監視を続けようとは思うが、犬のほうはどうしたらいいのだろう。

仁子が悩んでいる間に、真優は会計を済ませてエスカレーターに向かっている。見失っては元も子もないので、仁子も慌てて階段を上がった。


真優が家に帰るまで見守ろう。とは思った。その真優が、一向に帰らない。日はとっくに暮れ、街灯がないところなど真っ暗だ。日が沈むと気温もぐっと下がり、手袋の中の手がかじかんできた。

真優は住宅街の中にある、山というにはやや小さいが、雑木が生い茂っている場所にいた。通りからは見えない場所に段ボールを据え、犬を抱っこした状態で自分ごと段ボールに入っている。犬とくっついている真優のほうが仁子よりはあたたかそうだった。

「あれがオリオン座で、あっちがおおいぬ座。あっちにあるのがこいぬ座。お前の仲間がいっぱいだね」

真優の優しい声が静かに聞こえてくる。自分に言われているわけではないのに、仁子も一緒になって空を見上げていた。

もしかしたら、真優は家には帰らないつもりなのかもしれない。

ハウスというには小さすぎる段ボールの中で犬にドッグフードを与え、自分は菓子パンで夕食を済ませていた。

くしゅん、と真優が小さくくしゃみをする。

「……毛布を持ってきたらよかった。明日はそうしよう。今日はもう遅いから」

ああやはり、と仁子は白い吐息を吐き出した。

あまり知られていないが、日本でも冬に凍死する人は多い。北国での話に思われがちだが、東京でも凍死する可能性は十分にある。

夜八時現在の気温は、五度。夜が更けるにつれて、さらに下がるだろう。

千聖と士郎にいまの状況をメッセージで送ってあるが、既読もついていない。ふたりとも、スマホを見る余裕もないということだ。

返事を待つのも限界だと判断し、仁子は木陰を出て歩き出す。パリ、パリ、と落ち葉を踏む音がやけに大きく聞こえた。

「こんばんは」

先に声をかけられ、ドキリとする。近づく足音が聞こえていたのだろうが、こちらを見ようともしないので気づかれていないと思っていた。

こんばんは、と仁子が返すと、四つの瞳がゆっくりとこちらを見上げる。真優は笑顔だった。無垢（むく）に見えるそれは、月明かりの下では少し不気味に映る。

真優は仁子のことが怖くないのだろうか。滅多に人が来ないと知っていたから、この場所を寝床に選んだはずだ。そんな隠れ家への訪問者は怪しいことこの上ないだろうに。

「お姉さんもここに入りますか？　ちょっと狭いけど」

「……ううん。私は大丈夫。ありがとう」

段ボールの中で身体を端に寄せてくれようとしたけれど、仁子が入るには狭すぎる。真優は断られるとは思わなかったみたいに、驚いた顔をしている。

「寒くないの？　あ、マメ抱っこする？」

「マメ？」

うん、と真優が豆柴を少し持ち上げて見せる。仁子がまだ大人というには若いとわかったからか、敬語は自然と消えていた。

「ちょっと前は違う名前だったんだけど、気に入ってなかったみたいだから」

仁子はコートのポケットを軽く握りしめる。そこに入っている家の鍵には、目の前の犬と同じ名前をつけた犬のキーホルダーがついている。

「どうしてマメなの？」

親近感を覚え、仁子は真優たちの前にしゃがみ込んだ。撫でてもいいかと真優と犬本人に許可を取ってから、そっと触れる。思っていたよりも毛が固い。もっと猫のようにふわふわしているものかと思っていた。

「この眉毛。大豆みたいでしょう？　だからマメ」

ここ、と黒い柴犬の目の上の模様を真優が指差す。確かに、黒い毛並みの中にそこだけ平安貴族の眉毛みたいな茶色い模様がある。豆柴だからマメにしたのかな、なんて単純に考えた仁子よりセンスがいい。

「ほんと、大豆みたいだね。いい名前だと思う」

褒められたことを理解したみたいに、マメが控えめに尻尾を振った。賢そうだなとは思っていたが、実際賢いようだ。

「ありがとう。お姉ちゃんも犬が好きなの？」

「飼ったことはないけど、嫌いじゃないと思う」

「そうなんだ。ぼくも初めてだから色々勉強しなくちゃいけないんだ。ご飯ってドッグフードだけでいいと思う？　お店の人に聞いたら大丈夫って言ってたんだけど、いっぱいあるから迷っちゃった。マメと一緒に選べたらいいのに」

真優は非常に人懐こく、ニコニコしたままおしゃべりを続ける。

──放置子は相手をしてくれそうな大人に懐く。

士郎が言っていたことを思い出す。仁子を怖がらなかったのも、そうしたことからかもしれない。けれど、あまりに愛想がよくて心配になる。

「家に帰らないの？」

話の途切れ目で聞いてみると、楽しそうに動いていた口がきゅっと結ばった。初めて、真優の目に警戒心が浮かぶ。

家の人が心配しているよ、とは言えない。仁子も何も知らなければ言ってしまっただろう。でも、真優相手にそれを言うのは酷だ。

「凍えちゃうよ」

「……マメと一緒だから大丈夫だよ」

「これからもっと冷えるよ」

「大丈夫」

「でも、こんなところにいたら悪い人に誘拐されちゃうかもしれないよ」

さして愛想のない仁子相手にこれだけ人懐こいのだ。悪いことを考えている大人の標的にされかねない。番犬がいるにはいるが、豆柴では少々心もとない。凍死か誘拐か。どちらにせよ、明るい未来じゃない。

仁子の心配を他所に、真優は「なあんだ」と笑う。なんだ、そんなこと。

「誘拐されてもいいよ」

「いいの⁉」

思わず声が跳ね上がる。仁子にしては珍しいことだ。

喫茶店に帰ってきた仁子たちは、怖い顔をした士郎に出迎えられた。てっきり誰も帰ってきていないと思ったのに、遅くなると言っていた千聖もすでに帰宅しているようだ。兄たちが帰ってくるまでに、真優を連れてきた言い訳を考えようと思っていた当てが外れ、仁子はしどろもどろになる。

「誘拐されたら、怖い目に遭うんだよ」

だから、と説得を試みようとしたけれど、あははと明るく笑われて二の句が継げない。

「でも誘拐するってことは、ぼくといてくれるでしょう?」

夜にひとりにしないよね。一緒にご飯を食べてくれるかもしれない。話しかけて返事をしてくれたらもっといいな。

真優にとって何が怖いことなのか。ポロポロと零れ落ちる言葉はどれも些細なことで、子供が欲しいと願うようなことじゃなかった。

「誘拐するのは悪い人なんだよ」

「お姉ちゃんは誘拐犯じゃないの？」

まるで期待するように言われて、眉がハの字になる。

誘拐されるということがどういうことなのか、想像し切れていないのだろうと思った。だが、大人相手に犬を騙し取るような子が、本当にわかっていないのか？　わかった上で誘拐されてもいい、されたい、なんて言っているのだとしたら、こんな悲しいことはない。

「誘拐犯ではないけど、悪い人かもしれないよ」

法を犯したことがあるのだから、実際に悪人と言われても仕方がない。真優のことも、ずっと監視していた。それを知らないだけだと懺悔してしまいたい気にさせられる。

「誘拐犯じゃないんだ。じゃあどうして、ずっとぼくのこと見てたの？」

え、と返事に詰まる。

「ぼく、知ってたよ。お姉ちゃんと士郎お兄ちゃん、あともうひとりのお兄ちゃんがぼくのこと見てたよね」

「気づいてたの……？」

双眼鏡を使うほど遠い距離から、死角から、変装をして。見つからないように細心の注意を払っていたつもりだ。いまの変装だって、大人でもそう簡単には見破れないレベルのものだというのに。

どうしてわかったのかと聞くと、「ナイショ」とクスクス笑うだけで教えてくれなかった。

「ねえ、ニコお姉ちゃん。ぼくのこと誘拐してよ。ぼく、このままここで寝てたら、マッチ売りの少女になっちゃう」

無邪気な笑顔とは裏腹な不吉な言葉に、寒さのせいではなく背筋が冷たくなった。

「で、本当に誘拐したのか」

腰に手を当て仁王立ちになった士郎から、仁子は視線を逸らした。背中には、真優と真優に抱っこされたマメがくっついている。

喫茶店に帰ってきた仁子たちは、怖い顔をした士郎に出迎えられた。てっきり誰も帰ってきていないと思ったのに、遅くなると言っていた千聖もすでに帰宅しているようだ。兄たちが帰ってくるまでに、真優を連れてきた言い訳を考えようと思っていた当てが外れ、仁子はしどろもどろになる。

「誘拐……したつもりはないんだけど」

「親の了承を取らずに子供を連れてくることを、誘拐というんだ」

士郎の後ろ、カウンター席で千聖がお腹を抱えて前屈みになっているのが見えた。肩が細かく震えている。

「さすが仁子……っ。予想の斜め上をいってるね」

身体を起こした千聖の目には、涙が浮かんでいた。そこまで笑われるほどのことをしたつもりはない。

士郎が一度後ろを振り返った。おそらく睨まれたのだろう。千聖がピッと姿勢を正す。それを確認してから仁子に向き直った士郎は、苦い顔をしている。

「仁子の判断に任せるとは言ったが、連れてくるなら親に連絡を入れてからにすべきだったと思うぞ」

「ニコお姉ちゃんは悪くないよ。ぼくが誘拐してって言ったんだもの」

ひょこ、と真優が顔を出す。そういえば、いつ真優に名乗ったのだったかと内心首を傾げる。自己紹介をするようなタイミングはなかったはずだ。士郎から仁子の話を聞いているのだろうか。

その士郎は、仁子の背後に怖い顔を向けていた。

「本人がいいと言っても、だ。未成年者は親の同意なしにはほとんど何もできない」

法的な権利を有する第三者機関の介入以外は、と言われて、真優は口をへの字にする。

難しい言葉を使ったので意味が通じなかったのかもと思ったが、そうではなかった。

「警察も児童相談所も何もしてくれないのに」

「納得できない気持ちはわかる。だが筋を通さないと後々面倒なことになるんだ」

連絡は入れておく、と士郎は真優の返事を待たずに奥へと引っ込んだ。

「大丈夫大丈夫。怖い顔しちゃいるけど、そんな怒ってないよ、あれ。一応ね、怒ってるアピールしないといけないところだからあんな顔してるんでしょ。さあ、入って入って」

士郎と入れ違いで顔を出した千聖が、あたたかい笑顔で向かい入れてくれる。

「お邪魔します」

礼儀正しく挨拶をした真優を、千聖は広い丸テーブルの席に誘った。カウンター席は、真優が座るには少し高すぎる。仁子と千聖も、真優を挟むようにして椅子に腰を下ろした。

「お腹空いてない？」

「ご飯は食べて来ました。ぼくもマメも」

「マメっていうの？　その子。ナイスネーミングセンスだね」

ちょっと驚いた顔をしてから、千聖が仁子にアイコンタクトを送る。

「じゃあ、お腹は空いてない？　僕はこれからご飯なんだけど。仁子も食べるよね？」

「うん。食べたい」

真優の監視をしながら携帯食は口にしたけれど、とてもそれだけでは足りない。それに、先ほどからいい香りがしていた。これを食べずに眠ったら夢にまで見そうだ。

「少しくらい食べられそうなら、付き合ってくれない？」

「でも……」

戸惑うように、真優は膝の上のマメを撫でている。

放置子は家でまともに食事を与えられない場合も多く、自分の面倒を見てくれそうな大人を見つけると、その家に勝手に上がり込んだり、その家の子供のご飯やおやつまで食べてしまうことがあるという。家に居座りいつまでも帰ろうとしないといった問題もあるようで、ネットで対応策について書かれている記事を読んだ。

真優が友達と遊ぶ時、家に招かれなかったのはそういった問題があったからかもしれない、と仁子は思っていた。けれど、いまの真優を見る限り、食事に対しての執着はみられない。手作りの食事を用意してもらえないとしても、お金は与えられているので食べるには困っていないせいだろうか、と思ったが、違った。

「ご飯食べたら帰れって……言わない？」

ごく小さな声での問いかけに、答えがある。真優はいままで、何度この言葉を言われたのだろう。

おそらく、最初は真優も友達の家で遊ぶことがあったに違いない。でも、友達の食事を奪うことはなくても、帰ろうとしなかったんじゃないだろうか。夜に、ひとりで家にいたくないと言っていた真優の寂しそうな目を思い出す。

何度もそれを繰り返すうちに、真優は友達の家に呼ばれなくなった。入れてもらえなくなった。大人からは、相手をしてもらえなくなった。

仁子が「うちに来る？」と誘った時、真優はどんな気持ちだったのだろう。

勝手に連れていって大丈夫かどうかが気になって、あの時は真優の顔をちゃんと見ていなかった。見ていたら、わかることがもう少し増えていたかもしれない。

仁子は、自分より少し低い位置にある小さな頭に、そっと手を載せた。千聖と士郎が、子供の頃から自分によくそうしてくれていた理由が、ちょっとわかった。少しでも、安心させたくて、あたたかさを伝えたくて、触れるのだ。

真優が視線だけ上げて仁子を見る。

「言わない。私たちは言わないよ」

「そうそう。もう夜も遅いんだし、今日はうちに泊まっていけばいいよ。まあ、明日も学校あるだろうから、朝はめちゃ早起きしてもらうことになるけどね」

「千聖、そういうことは真優の親の許可が下りてから言うもんだ」

いつのまに戻ってきていたのか、士郎が真優の後ろに立っていた。

「許可、取ったでしょ?」

に、と千聖が笑みを浮かべる。それに、士郎も唇を引き上げて返した。対みたいなその表情に、兄弟だなと思う。

「真優、今日は泊まっていっていいそうだ。ただし、明日学校にちゃんと行くことが条件だ。それでいいな?」

「うん……!」

真優が弾(はじ)けるような笑顔で頷く。よし、と士郎は真優のサラサラな髪を大きな手のひらでぐしゃぐしゃと撫でた。

「飯を運んでくる」

「あ、士郎。真優くん、ご飯食べたらしいから軽めにね」

「食べたって言ってもどうせ菓子パンだろう。あんなものは食べたうちに入らない」

「いやでも人にはそれぞれ胃の許容量ってもんが……」

士郎は千聖の話を半分も聞かず、キッチンに入っていく。大丈夫かな、という小さな呟きに、真優がクスクスと笑った。

「みんな仲良しなんだね。いいなあ、ぼくも兄弟がほしかったな」

「だから、マメがほしかったの？」

問いかける千聖の声は優しい。真優は素直に「うん」と頷いた。

千聖は「そっかあ」と言うだけでそれ以上聞こうとはせず、ただマメを撫でる。しばらくして士郎がトレイを手にやってきた。

「真優、マメは一度床に下ろせ。マメの分もあるから」

テーブルの上に、幸せな光景が広がっていく。オムライスにポテトサラダ、コンソメスープ。どれもとても美味しそうで溜息が漏れる。マメには、味付けをしていないお肉が用意されているようだった。

旗の立てられたオムライスを前にした時の真優の顔は、見ているこっちが微笑んでしまうような満面の笑みだった。

「……無理して食べなくてもいいからね」

真優の前に置かれたオムライスも、仁子たちのものとあまりサイズが変わらない。すでに食事を済ませてきた子供相手には荷が重そうな量だけに、千聖がこそっと耳打ちをした。声を潜めても士郎には丸聞こえなのだけど。

内緒話が楽しかったのか、真優も口元に両手を当てて「本当はお腹空いてるんだ」と小さな声で言った。微笑ましい光景に、仁子の口元は自然と綻んでいた。

士郎が席に着くのを待ってから、全員で手を合わせる。

「いただきます」

まずは、と黄金色に輝くコンソメスープをスプーンですくった。士郎の作るコンソメスープは、具が何も入っていない。入っていないのにどうして、とスープ皿を覗き込みたくなるような、深い味がする。

ひと口飲んで、はあ、と吐息が漏れた。あたたかい室内で過ごし、すでに体は冷えていないはずなのに、体の奥、深部にぽっと熱を入れられた感じがする。

そっと真優のほうを見ると、ポテトサラダを食べているところだった。粗めに潰したポテトに、ハム、きゅうり、にんじん、玉ネギ。シンプルな味なのに、どんなお店で食べるものよりも美味しいそれを、真優はハムスターみたいに頬を膨らませて食べていた。

「ん〜、このオムライス最高。ねえ、士郎。僕も旗がほしいな」

黄色いふわふわな卵で包まれたオムライスには、真優のものだけ旗が刺さっていた。犬らしきイラストが描かれているけれど、士郎が描いたのだろうか。

「欲しければ自分で作れ」

「冷たいねえ」

ちっともそうは思っていない口調で言いながら、千聖はテーブルの上のケチャップに手を伸ばす。三朝家では、オムライスのケチャップは自分でかける方式だ。

千聖は慣れた手つきで、ケチャップを器用に扱っていく。黄色いキャンバスの上に、見事な絵があっという間にでき上がり、真優が「わあ」と感嘆の声を上げる。

「マメだ！」

千聖のオムライスに描かれたのは、床で上品にお肉を咀嚼（そしゃく）している豆柴、マメにそっくりな犬だった。どうやったらケチャップでそんな写実的なものが描けるのか、仁子には不思議で仕方ない。

「真優くんのにも描く？」

「いいの？　あ、でもちょっと待って」

真優はオムライスに刺さっていた旗をそっと抜き取ると、大事そうに紙ナプキンに包んでテーブルの端っこに置く。

「お願いします」とお皿を差し出された千聖は、ちょっとニヤニヤした顔で士郎を見た。

士郎はというと、完全に無視して黙々とオムライスを食べている。

結局、真優は出されたものを綺麗に食べ切った。もちろん、仁子も。

もうこれ以上は何もいらないという幸福感に包まれた満腹感。お腹の容量的にも十分なはずなのに、プリンが出されるとキュッと胃に隙間ができる。お腹いっぱいでもつるりと入ってしまう、士郎特製なめらかプリンの味を胃はしっかり覚えているのだろう。

もう何も食べられないと言っていた真優も、プリンを前にしたらシュッと背筋を伸ばしていた。

「真優はどうしてあんなことをするんだ？」

スプーンを取ろうと伸ばされていた真優の手が止まり、膝の上に置かれる。あんなこと、が何を指すのかわかっているようだ。

「その様子だと、悪いことをしてる自覚はあるみたいだな」

「まあまあ、とりあえずプリンはお食べ。食べながら話そうよ。ね、士郎？」

飴と鞭。仁子も昔からこの作戦でよく叱られた。

怒る役目の士郎は損な役回りな気もするが、あとになって士郎に感謝することは多い。もちろん、この役目は交代制で、千聖が怒る側に回ることもあった。ただその場合、途中で笑い出してしまうことも多く、最終的に千聖も士郎に怒られるなんてこともあったが。

「……そうだな。食べながらでいい」

許可が下りると、真優はおずおずとスプーンを取ってプリンを口に運ぶ。食べた瞬間、目がキラキラと輝いたのを見て千聖が噴き出し、士郎が咳払いをした。

「ごめんごめん。あんまり素直な反応なもんだから。それで？　真優くんの言い分を聞こうか」

プリンの効果か千聖の飴の効果か、真優の口が開く。

「みんなたくさん持ってるから」

「何を」

「宝物。学校で言ってたよ。ママが買ってくれた、パパからもらったって。だからぼくも、最初はそういうパパとママをもらおうとしたんだ」

パパとママをもらう。それがどういうことなのか考えるのと同時に、願いが叶わなかった時の真優の気持ちを思い浮かべてしまう。口の中が苦いのは、プリンのカラメルのせいではないと思う。

「でもね、誰もくれなかった。だから」

「だから、物のほうをもらった?」

「うん。だって、みんなはパパとママがいるんだもん。これからだってたくさんもらえるでしょう? たくさんある子からもらうのって、そんなに悪いことなの?」

真優の善悪の基準がわかった気がした。

目に見えない善悪というものを教えるのは難しい。だから法律があるのだとは思うが、その法律がいつでも正しいとは、仁子は思っていなかった。

誰にとっても平等な善悪なんて、実際は存在しないのだ。正義は、見ている角度でいとも簡単に姿を変えてしまう。

友達からものを奪うのは悪いことだと、みんなは言う。でも、真優は悪いと思わない。

いや、おそらく心の奥底では真優も悪いことだとわかっている。ただ、それを認めてしまうと真優は誰からも宝物をもらえなくなる。だから、認めない。そんなねじ曲がった感情が真優の中にある気がした。

「それに、みんな宝物だって言ってるけど、そんなに大切にしてなかったよ」

物の扱い方は、人によって様々だ。大切だからしまい込む人、大切だからいつも持ち歩く人、大切だから飾っておく人。

宝物といっても、大切さに差があることだってある。仁子だってそうだ。

仁子にとっての一番の宝物は家族で、それはかけがえのないものだ。同じ宝物のピコを捨てられるのと家族を奪われるのならどっちがマシかと言われたら、前者を選ぶ。だからといって、ピコを大切にしていないわけじゃない。

人にはそれぞれ、大切なものが複数ある。いくつも持っているから、扱いの違いもそれに差があることも自分の体験の中で学び、知っている。

宝物の中でも一番大切じゃないものなら、もらってもそこまで悪いことじゃないと、真優は考えたのかもしれない。一番大切なパパやママ、恋人がいる相手からならもらってもいい。真優は——何も持っていないのだからそれで公平だ、と。

どう説明したらいいのかと仁子が頭を悩ませていると、士郎が椅子から下りて真優の前に膝をついた。真優はその丸い目で、士郎をまっすぐに見つめている。

「いいか、真優。たくさん持っていることは、取っていい理由にはならない。あげると言われたわけじゃないだろ?」

「そうだけど……南くんはあのゲーム機で全然遊んでなかったんだよ。宝物だって言ってたけど、ソラモンのレベルもずっと低いままだったし」

「遊んでなかったからって、大切じゃないとは限らない。ゲームのレベル上げだって、これからやるつもりだったのかもしれない」

「でも、他にもたくさんゲーム持ってるって言ってたもん」

真優は唇を尖らせ、視線を床に向ける。ぼくは持ってないもん、という呟きがぽつりと足元に落ちた。

真優が交換した画面の割れていたゲーム機。あれは、ネットのオークションサイトでジャンク品として出品されていたのを五千円で買ったのだという。そんなに自由が効くお金があるのならわざわざ壊れたものを買わなくても、と一瞬考えたけれど、そういうことじゃないのだろう。

真優が欲しかったのは、パパやママからもらった宝物のゲーム機なのだ。新品が欲しかったわけじゃない。

「じゃあ聞くが……」

静かな口調で語りかけた士郎が、テーブルの端に畳んであった紙ナプキンに手を伸ばした。「それ、ぼくのっ」と真優が慌てる。

「真優にはマメがいるんだから、こんな犬が描かれた旗なんていらないだろ?」

ぐ、と真優が唇を引き結んだ。

「……いらない」

士郎はそうか、とあっさりと旗の入った紙ナプキンを捨ててしまおうとする。真優の目は士郎の手を追っていて、不安げに揺れていた。

「す、捨てちゃうの……？」

「誰も必要としていないものを取っておく必要はないからな」

士郎がわざとやっているのはわかっていても、仁子は真優が泣いてしまうのではないかとハラハラしていた。真優の目の前で、犬の書かれた旗がゴミ箱に捨てられる。あ、と真優の顔が歪(ゆが)んだ。

「はい、キャーッチ。捨てるなら僕がもーらった」

ゴミ箱に入るはずの旗を、千聖が横からかっさらう。

「というわけで、これは真優くんにあげるね」

一度失ったはずの旗を再び渡され、真優は本当に嬉しそうな顔をした。今度は誰にも取られまいとでもいうように、ぎゅっと握りしめる。

「千聖」と士郎が溜息混じりに吐息を落とす。

「まあまあ。真優くんだってもう反省してるよ。……大切なものはたくさんあっても失くしたくないってわかったでしょう？」

こくり、と真優が小さく頷いた。

「本当は最初からわかってたんだよね？　でも、他の子が羨ましくて羨ましくて……手が出ちゃった」

でもね、と千聖は優しく続ける。

「人の宝物を奪っても、自分の宝物になるとは限らない。それに、誰かから奪わなくてもほら、その旗みたいに大事なものができたじゃない。士郎は意地悪したけど、真優くんにそういうことをわかってほしかったんだよ」

真優が、士郎の顔色を窺うように見上げた。

「……ごめんなさい」

ようやく、真優は自分のしたことを認められたのだろう。謝罪の言葉に、嘘は感じられなかった。士郎にはよりはっきりとそれがわかったようで、それ以上怒る芝居はせず、「よし」と真優の頭をぐりぐり撫でる。そのあとで、最後にひとつだけ言うぞ、と真剣な目を向けた。

「真優は因果応報って知ってるか」

「……悪いことをしたら自分にも悪いことが起きて、いいことをしたら自分にもいいことがあるってこと……？」

「そうだ。悪いことをするなら、自分にも悪いことが起こる覚悟をしろ。それができないなら、やるんじゃない」

覚悟、と仁子は口の中で呟く。

士郎は、遠藤の家に無断で入ったことや、犯罪の証拠データが入っているとはいえ、他人の持ち物、ましてや現金を持ち出したことをどう思っているのだろう。因果応報——いつか、自分に悪い報いがあると覚悟していたのだろうか。それとも、あれは善い行いだったと思っているのか。

自分の中には、士郎のような覚悟がない。それなのに、法を犯した。

いつか、仁子にも返ってくるのだろうか。それが幸・不幸、どちらの報いなのか仁子にはわからない。

翌日、真優は朝の七時に喫茶モーニングを出ていった。昨日着ていたサイズの合わないダウンコートではなく、ぴったりのダッフルコートを着て。

そのコートは仁子の小さい頃のものだ。大切なものではあったけれど、しまい込むよりも真優に着てもらったほうがずっといい。そういう、大切なものの使い方もあるのだ。

「真優くん、みんなにちゃんと言えるかな」

千聖の車を見送ったあと、学校に行くにはまだ早い時間だったので、仁子は開店準備を手伝っていた。手伝う、と言ってもテーブルを拭くくらいで、キッチンでランチの仕込みをしている士郎の役に立てているかは微妙なところだ。

「さあな。でも、言えるまで付き合おう」

「……うん」

真優は今日、友達に宝物を返すと言っていた。真優がそれを仁子たちに見届けてほしいと言うので、放課後は真優に付き合うことになっている。悪いことをしたと真優が認められたなら、証人なんて必要ないと思うのだけど、真優なりのけじめなのかもしれない。

取ったものを返したところで、友達が許してくれるかはわからない。

一度犯した罪は、反省や善い行いをしたからといって消えるわけではない。償いによって、その罪を背負って前に進めるようになるだけだ。

真優がその重みに堪え、正しい道を歩けるようになるといいなと思う。そのためには、周りの大人のサポートが必要だろう。本来なら、両親にサポートの中心を担ってほしいのだが、真優の両親にそれは期待できそうになかった。

真優のいないところで士郎に聞いたのだが、真優を一日預かると電話をした士郎に、母親はろくに士郎の身元も確認せずに「そうですか」とだけ言って電話を切ったそうだ。

士郎は同級生の父親を名乗ったらしいが、それにしてももう少し何か言っても良さそうだ。反応の薄さはそのまま真優への関心の低さのように感じられて、先行きが不安だった。

「どうしたらいいんだろう」

仁子の呟きに、「わふ」と返事があった。

先ほどから、仁子の仕事の出来をチェックするみたいにマメがあとをついて回っている。

真優が学校に連れていくわけにもいかないし、元の飼い主に電話をしてみたが通じなかったので、ひとまずここで待機となっていた。

マメは非常に聞き分けが良く、真優が店を出る時も尻尾を振って見送るだけでついて行こうとはしなかった。自分がどこにいるべきかもわかっている様子で、キッチンには入ろうともせず、おりこうに過ごしている。

「お前も、早く家に帰れるといいね」

テーブルを拭き終え、マメの頭を軽く撫でてやる。マメは仁子の顔を見上げてから、左右に頭を振った。それは、「いいえ」と返事をしているようにも見えた。

放課後、士郎と仁子はいつもの公園のベンチに座って、証人の役目を果たしていた。真優のために、喫茶店は早仕舞いにした。

今日のふたりの格好は、真優の兄と姉風になっている。ようは、ただの私服で変装もしていない。

「これ、もらっちゃった」

真優が頬を赤くして走ってきた。その手には、ラッピングされた手作りらしいお菓子が包まれている。

野球ボールを返してもらった友達と、その母親が仁子たちに向かって軽く会釈をした。真優がなんと説明したのかはわからないが、保護者だと思われているようだ。

「宝物返してくれてありがとうって。あと、怪我させちゃったからって」

興奮しているのか、真優の口調は少し早くなっていた。

いまの子で、宝物を返したのは六人目になる。中には「もういらない！」と怒り出す子や「なんで返す気になったんだよ」と気味悪がる子もいた。無理やり取られたものを返されたのだから、その子たちの反応も理解はできる。

お礼を言われたのは初めてで、それも手作りのお菓子をもらったことが真優の中で大きな出来事だったようだ。

「ぼくね、高いところから落ちてもあんまり痛くないような落ち方知ってるんだよ。だから怪我もしてないんだ。……それでももらっていいと思う？」

いいと言ってほしい。真優の顔にはそう書いてある。

友達と母親が帰ろうとしない理由がわかった。おそらく、もらったとはいっても、もらっていいか聞いてくるとでも真優が言ったのだろう。

「どう思う、仁子？」

士郎が難しい問題だ、とばかりに眉根を寄せる。それがわざとなのはすぐにわかって、仁子も真剣に考えるふりをする。

「……真優くんがお友達に悪いことをしたなって反省してるなら、もらってもいいと思う」

「そうだな。俺も仁子の意見に賛成だ」

真優は自分の心の中を探るように少し考えてから、はっきりと言った。

「うん。ぼくがしたのは、悪いことだったと思う。林くんの野球ボールは、僕のオムライスの旗と同じってことだもんね」

ごめんねってもう一度言ってくる、と真優は駆けていく。

真優が本当に反省をしているかなんて、仁子たちにはわからない。けれど、こうして宝物を返し、ごめんなさいと謝れたことは大きな一歩になったんじゃないかと信じたい。

真優と何かを話したあと、友達と母親はまた仁子たちに頭を下げてから帰っていった。

野球ボールを返し終えて、残すはあとひとつ。

最後の宝物は、マメ――もとい、ジョアンヌだ。

朝以降も何度かジョアンヌの飼い主に電話をかけたのだが、仕事に出ているのか連絡は取れていない。真優の話では、ジョアンヌは毎週土曜日の夕方は公園に散歩に来ていたというから、次の土曜日を待ってみることにした。

その間、真優は学校を終えると毎日喫茶モーニングを訪れた。さすがに何日も泊めるわけにもいかないので、夜には千聖が車で家に送り届けている。バスを使えばひとりで帰れる距離ではあるけれど、ちょうど千聖が早上がりの週だったこともあり、ドライブがてら送っていた。

マメがマメでいられる前日の夜、真優は夕食のあとにマメとふたりで何かを話していた。マメが真優の話をどこまで理解しているかはわからないが、おとなしく真優の言葉に耳を傾けている様子は、まるで兄弟みたいに見えた。

「……どうしても、マメを返さなきゃだめ？」

人の宝物を奪ってはいけない。それはわかっているけれど、マメは本当に彩子の宝物なのか、と真優は言う。

公園に散歩に来るのは土曜日だけ、という話を聞いた時から、仁子も少し疑っていた。犬を飼っている人は、それが小型犬であれ大型犬であれ、毎日散歩に連れていく必要がある。毎日違うコースを散歩する人もいるかもしれないが、決まったコースを散歩させる人のほうが多い気がする。

彩子の休日が土曜のみで、真優が公園にいる時間に散歩をできるのがその日だけ、という可能性はある。そう言ってみたのだが、これも真優に否定された。

真優はマメと仲良くなってからマメ会いたさに彩子の家を見張っていたことがあるらしい。散歩に出て来たら遊ばせてもらう気で、毎日待ち伏せした。けれど、一日中家の前にいても、マメが出てくることはなかった。一度など、夜中も見張っていたというから相当な根性だ。

木曜、金曜と、彩子が自宅の電話に出なかったことも気になる。仕事で出ているなら日中電話に出ないのはわかるが、朝、昼、夜といつかけても誰も出ないのはどういうことなのか。

かといって、マメが虐待を受けているようにも見えない。毛艶はいいし、不潔な感じもない。ただ、もともとマメがつけていたブランドものの首輪はサイズが合っていなかった。

そもそも、なぜ真優がマメと仲良くなったのかというと、自分と似ていると思ったからだという。

彩子はいつも、公園にマメを連れてくると自分はベンチに座ってスマホをいじっていたらしい。マメと遊ぶでも、マメを走らせるでもなく、三十分ほどスマホをいじってから帰っていく。マメはその間、おとなしく脇に座っているしかなかった。リードを短くされ、離れることができなかったからだ。

真優はその様子を何回か見かけ、声をかけたのだという。

「マメって血統証付きなんだって」

『あの女の駄犬と違って高いのよ』

不意に聞こえた女性の声に、仁子だけではなく士郎と千聖も目を瞠る。その声が、真優の口から聞こえたのだと理解するまでに、数秒を要した。

「恋人に買ってもらったって言ってたけど、彩子さんがマメのこと撫でるの、ぼく一度も見たことないよ」

真優はいつもの声に戻っている。

いまのは、なんだったのだろう。真優の声ではなく、女性の声だった。これではまるで、士郎のようだ。よくよく聞けば声に子供らしさがあった気もするが、十分に人を騙せるクォリティーはあった。

真優自身は特別なことをしたという意識もないようで、マメにお手をさせて遊んでいる。

「マメも、ジョアンヌには戻りたくないって。ね？」

確認されたマメは真優の顔を見上げ、「その通り」とでも言うように「わふ」と吠える。

「でも真優くんの家では飼えないでしょ。二月になったらもっと寒くなるし、外でなんて飼えないよ。マメだってあったかい家で暮らしたほうが幸せだと思わない？」

「それは……」

千聖に言われ、真優が悲しそうに瞳を伏せる。その真優の頬を、マメがペロリと舐めた。

「ごめんね、マメ。ぼくが大人だったら一緒に暮らせたのに」

――わたしが大人だったら。

マメを抱きしめる真優の姿に、小さい子供の姿が重なった。抱きしめているのは犬ではなく、大人ものの洋服だったけれど。

仁子が過去の亡霊と対峙している間も、マメは真優を慰めるようにおとなしく抱かれている。動揺を落ち着けようとメガネをかけ直した時には、亡霊は消えていた。

「きっと、また遊べることもあるよ」

返したからといって、彩子が許してくれるとは思えなかった。でも、千聖のように慰める以外、何を言ったらいいのか、仁子にもわからない。

翌土曜日、仁子たちはマメを連れて例の公園で彩子を待ち伏せしていた。直接家を訪ねようと誰も言い出さなかったのは、マメが嫌がったからだ。

「家に帰ろう」と言えばそっぽを向き、「彩子さんが待ってるよ」と言えばイーと歯をむき出しにする。

一度だけの反応ならたまたまだと笑い話にもできたのだが、何度聞いても同じ反応をするので、さすがに無理に連れていくのは諦めた。

真優がそういう芸を仕込んだのかと確認したが、そんなことはしていないらしい。「マメはぼくたちの言ってることがわかるだけだよ」と、むしろマメの話を聞こうとしない仁子たちを責める様子すらあった。

隠れる必要もないので、ひとつのベンチに真優と仁子。その隣のベンチに士郎と千聖が座っている。見知らぬ男性が近寄ってきたら怖いだろう、ということで、真優には仁子がつくことになった。

「もし、もしも彩子さんが来なかったら、マメ返さなくてもいい?」

真優はまだ、最後の悪あがきをしている。

外で飼えないなら、喫茶モーニングに住まわせてもらえないかと提案しているのだ。働けるようになったら宿代は払うから、とまで言っている。

現実問題、マメを喫茶モーニングで飼うことは可能だ。宿代だって必要ない。でもそれでは示しがつかない。

仁子も心の中では真優と同じ意見ではあったけれど、けじめはけじめだと心を鬼にして首を横に振った。足元に待機しているマメは、そんな仁子を不満そうに見上げている。本当に、人間の会話を理解しているような顔で。

公園で待ち始めてから二十分が経った。ベンチでじっとしているのもそろそろ限界だ。ダウンコートを着ていても使い捨てカイロを貼っていても、寒い。

千聖と士郎は仁子よりよほど薄着だというのに、平然とした顔で座っている。千聖なんて、マフラーもしていない。むき出しの長い首は見るのも寒くて目をそらす。

「……ちょっと散歩しようか」

堪(こら)えきれず、真優に声をかけるとパッと笑顔が咲いた。

「いいの？」

「公園の中なら、いい？」

千聖たちに確認すると、OKサインが返ってきた。マメのリードは真優に任せて腰を上げる。ベンチにお尻が凍りついてしまったんじゃないかと心配していたが、どうやら無事だったようだ

真優とマメが元気に走り出し、それをジョギングの要領で追いかける。運動はあまり得意ではないけれど、自分の体温を上げなければ保温効果のある肌着も効力を発揮してくれない。

「マメ、おいで！」

明るい声を上げ、真優たちはじゃれ合いながら走っていく。マメもとても楽しそうで、真優が本当の飼い主だったなら、と思わずにはいられない。

公園を半周し、すでに仁子の息が上がってきた頃、真優とマメがお互いに寄り添うようにして立ち止まった。その視線の先には、毛皮のコートに身を包んだ彩子がいた。声をかけるにはまだ遠く、公園の生垣があって上半身しか見えていない。

真優とマメは、彩子のことを静かに目で追っていた。

このまま、公園には入らず通り過ぎてくれたら。

仁子までもが、そう願ってしまう。けれど願いは虚しく、彩子は公園の入り口に向かっているように見えた。

中に入ってきたら行こう、と真優の肩に手を置く。じりじりと時間が流れていく中、仁子のスマホが鳴った。確認すると、士郎からだ。

『仁子、真優とマメを連れて一度物陰に隠れろ』

「え」

『早く』

どうして、と聞き返す間もない。とにかく隠れなければと、仁子は真優の手を取って大きな木の後ろに回り込んだ。真優はマメを胸に抱き、視線を彩子に向けたままおとなしく従う。

「何があったの?」

隠れている手前、自然と声も小声になる。

『そのまま見てれば わかる』

見ていれば、というのは彩子のことか。

仁子はメガネを一度指で押し上げ、目を凝らした。彩子はまだ公園の外にいる。片手でスマホをいじりながら歩いていた。

彩子が公園の入り口に差し掛かり全身が見えた時、仁子にもようやく意味がわかった。

「なんで」と無意識に声が出る。

彩子の毛皮のロングコートの足元には、自前の茶色い毛皮を着た子がいた。

「……犬」

『ああ。トイプードルだ』

しかし、彩子の犬はいま、真優が抱っこしている。

どういうことなのか事情が呑み込めない。混乱している仁子を他所に、彩子は公園には入らずそのまま通り過ぎていった。ひとまず仁子たちはベンチへと戻る。

「……ちょっと調べてもいい？」

先ほど見かけた彩子の様子から、嫌な予感がした。彩子はスマホをいじりながら歩いていて、足元の犬にはちらりとも視線をやっていなかった。リードはかなり長いままで、犬が道路に飛び出したら車に轢かれかねない長さだったと思う。

仁子はバッグに入れて来た父のノートパソコンを取り出し、その場でネットに繋ぐ。

彩子に電話をする際、住所と名前といった基礎情報もついでに調べてあった。それを元に、彩子がどういった人物なのかを探っていく。ハッキングをしなくても、ネットの海は情報の山だ。

ものの五分も経たずに、仁子は彩子が犬を連れていた理由を探り当てた。

「見て、これ」

SNSに彩子の写真が載っている。ハンドルネームを使ってはいたが、そのSNSでは自分の写真を公開するのが当たり前……というより、そのためのツールみたいなものなので、見つけるのも容易だった。

そのSNSにはこう書かれていた。『新しい#子犬　をムーくんにおねだりして買ってもらいました♡　今度の子ももちろん#血統証付き　です！』

#がついているのは、このSNSでの拡散目的のタグを使っているからだ。

日付は、真優がマメを奪った翌日。愛犬を失った悲しみを埋めるために新しい犬を……といった雰囲気は微塵もない。むしろ、新しい子犬を買ってもらったことが自分のステータスのような書き方をしている。

パタン、と力なくノートパソコンを閉じる。目隠しをした女性が天秤を持っている姿の、『ギリシャ神話の正義の女神テーミス』の像が頭に浮かぶ。その手にある天秤は、ゆらゆらと揺れていた。

「しろちゃんはあの犬が見えたの？」

ベンチから見ても、生垣が邪魔で歩いている人の足元は見えないような気がした。どうしてわかったのかと聞くと、犬の足音が聞こえたと、こともなげに言う。

「マメの足音とは別に聞こえたからな。念のため隠れて正解だった」

見つかっていたら、なかなか面倒なことになっていただろう。

「真優、お前も聞こえてたんだろう？」

え、と真優を見る。そういえば、仁子が隠れようと真優の手を引いた時、真優は何も聞かずに従った。どうしたの、と聞くくらいはしそうなものだ。

「うん。聞こえたよ。小さい動物がいるってことしかわからなかったけど」

「真優くん……耳がいいんだね」

耳がいい、で片付けていいレベルではない。士郎と同じような体質でなければ、そんな小さな音は聞き取れない。

そうか、だからか、と喉の奥に引っかかっていた小さな小骨が抜ける。

真優が、名乗ってもいない仁子の名前を知っていた理由。

——聞こえていたのだ。監視をしている仁子たちの会話が。

士郎と真優だけが知り合いになった時はまだ、監視を続けていた。その状況で、士郎が仁子たちの情報を漏らすはずがない。だから違和感があった。

けれど、こんな偶然があるものだろうか。

仁子はいままで、自分と同じような体質の人に会ったことがない。三朝家の三兄妹がそれぞれ特異体質だというのも相当レアな偶然によるものだとは思うが、そこに四人目となると奇跡に近い確率な気がする。

「ねえ、そんなことよりマメはどうなるの？」

仁子は真優の体質のことが気になって仕方なかったけれど、いまはマメの問題のほうが大事だ。なにせ、ふたり分の未来がかかっている。

体質についてはあとで聞くことにし、一度頭を切り替える。

早々に新しい犬を飼った彩子のことを考えると、真優が言う通り、マメはあまり可愛がられていなかったのだろう。いまさら返すといっても、突き返される可能性すらある。それなら、わざわざ話を蒸し返すまでもないのでは……。

「ぼく、もう誰かの大切なものをとったりしないよ。マメのことも、大切にする。働けるようになったら、マメの家のお金もご飯のお金もたくさん払うよ。だから」

だから、お願い。どうかぼくから兄弟をうばわないで。

真優にとってマメがもうただの犬ではないのは、その目を見れば一目瞭然だった。

「ちーちゃん、しろちゃん。私からもお願いします」

家族を奪われるつらさを、仁子は知っている。

マメが真優の元に来た経緯とこれからのふたりの幸せとを天秤にかけたら、どちらが重くなるかなんて確認するまでもない。

千聖と士郎は一度顔を見合わせてから、ほぼ同時に笑った。その笑顔のあたたかさが、すべてをもの語っている。

「こういう時は、多数決にしよう。三朝家三兄妹、Lets vote! 喫茶モーニングでマメを飼うことに賛成の人〜？」

千聖の問いかけに、五本の手が上がった。千聖、士郎、仁子に真優、そしてマメ。驚くべきことに、マメ自身もお手をするように前足を一生懸命持ち上げていた。

「こんなことある⁉　タイミング良すぎでしょ！」

千聖が噴き出し、つられて仁子も笑う。

「前から思ってたんだが、マメは俺たちの会話を理解してないか？」

「マメは全部わかってるよ。頭がいいんだ。ね、マメ？」

マメと別れる心配がなくなってニコニコ顔の真優が、マメをぎゅっと抱き寄せる。マメは尻尾を全力で振り、「わふ！」と嬉しそうに鳴いた。あながち、真優の言うことも間違っていない気がする。

「それじゃあ、帰ろうか」

一件落着とばかりに千聖が言うと、一瞬真優が怯んだ。

帰る、という言葉に反応したのだとわかり、仁子はその薄い肩に手を伸ばす。同時に、反対側にも士郎の手が載った。

「今日はマメの歓迎会をやる。真優、もちろん参加するな？」

「マメの飼い主は真優くんだから、いないと困る」

士郎、仁子、と真優が忙しく顔を見上げる。

「行く！　行きたい！」

ぴょんぴょんと跳ねる真優を落ち着けるように、コホン、と千聖が咳払いをした。真優は慌てて気をつけの姿勢を取り、三朝家の長兄を見上げる。最終的な決定権が誰にあるのかを、空気で感じ取っているのかもしれない。

千聖は改まった口調で真優に言う。

「あ～、それともうひとつ。僕たち、こう見えてなかなか忙しいんだよね。マメの散歩を毎日してくれる人がいたらものすご～く助かるんだけど……」

真優の喜びが、キラキラと光るのが見える気がした。

「ぼく、散歩できるよ！　毎日できる！」

「それじゃあ、真優くんに任せようかな。バイト代は士郎の作る夕ご飯でどう？」

「そうだな。うちは貧乏だから現物支給で頼む」

貧乏だというのは初耳だが、大黒柱が行方をくらましているのだから、嘘ともいえない。

仁子はうんうん、と横で頷く。

「それって、毎日みんなと一緒に夕ご飯食べていいってこと……？」

そんなことあるはずないとでもいうように、真優が恐る恐る聞いた。

「そうなるな。千聖は仕事でいないこともあるが、俺か仁子のどちらかは必ずいる」

仁子たちには、真優の両親に真優にかまってくれと頼むことはできない。頼んだとしても、それは叶わないだろう。でも、一緒にご飯を食べること、寒い日にあたたかい家に招くことはできる。

「ねえマメ、聞いた？」

しゃがみ込み、マメのおでこに自分のおでこをくっつけて、真優が囁いている。その声は、少し震えていた。

「あ、でも……ぼくが毎日行くこと、ママたちに言わなきゃだめ？」

以前泊めた時にも連絡を入れた。その時の反応からいって、今度も反対はされないだろう。それでも、一応許可を取っておく必要があると仁子たちは思っていた。

「ママもパパも、夜遅くにしか帰ってこないから、ぼくが夕ご飯をどこで食べててもわからないよ」

「バレなければいいってことじゃない。知らせてあることが大事なんだ」

「でも……ぼくがずっといなくても気にしてなかったよ」

え、と驚きの声が漏れる。

「どういうことだ？」

代表するように士郎が聞くと、真優は驚かれていることに驚いているような顔をして、続けた。

真優が言うには、真優は一歳から七歳までの六年間、両親と離れて暮らしていたという。

「おじいちゃんがぼくをそこに入れたんだって。でもおじいちゃんが死んじゃって、お金が払えなくなったからママたちのところに帰ることになったんだよ」

真優のことは、監視をすると決めた時に詳しく調べた。現在共に住んでいる両親の実子であることは、その時に確認している。

真優が現在のマンションに住むようになったのは約二年前。家族三人での引っ越しになんの疑問も抱かず、それ以前の住所を親子別々に調べてはいなかった。

真優の話が本当だとすれば、真優が両親と暮らし始めてまだほんの二年しか経っていないことになる。

「その施設の名前はわかる？」

「スグリ」

——特異体質の人間が、四人も集まる確率は？

仁子の頭の中で、いくつもの数式が浮かんでは消えていく。【スグリの森】の名前を、ここでも聞くことになるなんて。

スグリの森には様々な事情の子供が暮らしていたが、自らお金を払って入るパターンもあるとは知らなかった。少なくとも、仁子の場合はあの父親がお金を払ってまで施設に入れたとは思えない。

「真優くん、おじいちゃんの名前はわかる？」

千聖の問いかけにハッとする。そうだ。スグリの森に真優を入れたという祖父。その人が何かを知っている可能性がある。

仁子はすぐに調べられるように、カバンから急いでノートパソコンを出して膝の上で広げる。けれど、検索しようにも真優の反応が鈍い。おそらく、知らないのだろう。

祖父の名前がわからないのなら、辿っていくしかない。

真優によると、母方の祖父だということはわかったので、母親の戸籍に載っている父の欄を見ればいい。しかしここで問題が発生した。父と書かれた欄が、空欄になっている。

「真優くんのおばあちゃんは、シングルマザーだったんだね」

未婚でシングルマザーになると、両親の戸籍を抜けたあとに自分を筆頭とした新規の戸籍が編製される。子供はその新しい戸籍、母親の戸籍に入ることになる。そして父親が認知している場合は名前が載るが、認知されていない場合は空欄となる。

真優の母親の戸籍に父親の名前がないということは、認知されなかったことになる。こうなってしまうと真優の祖父の名前を調べるのはなかなか骨だ。

「おじいちゃんにもおばあちゃんにも会ったことはないよ。どっちももう死んじゃってるし。でもぼく、ずっとスグリにいたかった」

子供は実の親元で育ったほうがいい、と日本では言われることが多い。けれど、どんな子供、どんな親でも、そう言い切れるだろうか。たまに伝統だなんだと古い家族の形にこだわる人を見かけると、血が繋がっていなくても家族にはなれるし、そのほうが幸せな子供もいると言いたくなる。仁子がその証拠だ。

真優は、ネグレクトとまではいかなくとも、両親の無関心に苦しんでいる。スグリの森の環境を思えば、戻りたいと思っても不思議ではなかった。

「だから言わなくても……あ、でも、夕ご飯のお金っていっぱいかかる？　一週間に一万円で足りる？　足りなかったら言わなくちゃだめかも……」

心配そうに自分のバッグに手を伸ばそうとするのを、仁子を含め三本の手が止める。

「夕ご飯はマメのお散歩のバイト代だって言ったでしょ？」と千聖が笑い、「現物支給だ」と士郎が頷き、「いいよ。言わないでおこう。毎日、うちにおいで。うちで、一緒にご飯を食べよう」と仁子が言う。

筋を通すこともけじめをつけることも大事だ。あとから文句をつけられた時、効力を発揮する。けれど、そんなの知ったことか。

子供の気持ちを一番に優先して、何が悪い。人間の感情が加われば、常識や善悪、正義すらたやすくその色を変える。

仁子たちは、真優をつれて喫茶モーニングへと帰った。仁子が手を繋いで帰ろうとした時、真優はちょっと鼻をすすった。一ヶ月近く見守っていて、初めて見た本当の涙だった。


夜、喫茶モーニングのカウンターには三兄妹が並んで座っていた。

真優はすでに家に送り届けたあとで、マメは用意した犬用のクッションでくつろいでいる。テーブルにはブラック珈琲、ホットミルク、カフェオレの入ったカップが湯気を立てていた。久しぶりの、三兄妹会議だ。

「真優くんのこと、偶然だと思う？」

口火を切ったのは千聖だった。

「偶然にしてはできすぎてないか」

「……ちーちゃんとしろちゃんに話してなかったことがある」

ようやく、告白するタイミングが訪れた。

仁子は用意しておいた紙をテーブルの上に広げてみせる。一枚はGリストのマイナンバーをすべて照合したもの。もう一枚はGリストのひとり目だった遠藤が過去に契約をした仕事の内容について記したものだ。

先に、遠藤の書類から説明する。

「ここ。遠藤さんが二十年前に売った土地の売却相手の名前なんだけど」

土地面積は約二百坪、用途地域は第二種低層住居専用地域で、保育施設の建設予定地になっている。購入した企業名は【スグリの森】――。

「もっと前にわかってたんだけど、ただの偶然だと思って」

過去の契約相手として名前が出ていたとしても、そういう偶然もあるだろうくらいに考えていた。けれど、リストふたり目の真優もスグリの森と関係があったとなると話は別だ。

「この売られた土地にはいま何が建ってるんだ？」

「住所からして僕たちがいた施設とは違うみたいだね」

「いまは契約者も替わってマンションになってる。五年前までは私たちがいたのと似たような教育施設があったみたい」

詳細は不明だが、五年前に閉所されていた。当時の記録も、施設の紹介程度の浅いものしか見つからなかった。

「もうひとつ。これはGリストを全員照合した結果。最初のひと桁をグループの識別だとした場合、その【0】のグループに……」

仁子の指が、ひとつの名前の上で止まる。

「志堂寺仁子……」

志堂寺というのは、三朝の養子になる前の苗字だ。できることなら、もう見たくはなかった。

「仁子だけじゃない。僕と士郎の名前もあるね」

千聖の言う通り、頭に【0】がついたグループの中には、三朝家の三兄妹全員の名前がある。

「あれ、待った。この早坂穂花って……」

「うん。遠藤さんの事件の被害者だった、早坂さん。調べたら、早坂さんは養子だった。施設にいた記録はなかったけど、私は早坂さんはスグリの森にいたことがあると思う」

理由は明確だ。仁子は、自分の法的な書類、通常の手順を踏めば手に入る戸籍や住民票といった類の書類をすべてチェックしてみた。そこには、スグリの森にいた記録が一切載っていなかった。

五歳から六歳の一年間、仁子はスグリの森で生活していた。けれど、住民票を移したり本籍を移したりしない限り、子供の頃に住んでいた場所の名前は書類には残らない。

国の定める公共機関なら別だが、スグリの森は個人経営の営利団体だった。調べて初めて知った事実だ。施設にいた小学生以上の年齢の子供は、生活は施設でしていても、学校はスグリの森から別の公的な学校に通っていた。それについては千聖から聞いたことがあるので確かだ。

そういったことを説明すると、千聖も士郎も難しい顔で黙り込む。沈黙の落ちた空間には、暖炉で薪が爆ぜる鈍い音と、マメの規則正しい寝息だけが静かに流れている。

「どういうことだろうね。これは、スグリの森にいた子供のリストってこと?」

「まだそうとは決まってないだろう。遠藤があそこの出身者かはわからない」

「まあ、そうだね。記録に残ってないんじゃ、本人に聞く以外確認のしようもないし」

スグリの森に直接問い合わせたところで、個人情報を教えてくれるとは思えない。

実は、兄たちには言わずにスグリの森の管理するサーバーにハッキングを試みたのだが、施設を出た子供の記録は見つからなかった。それどころか、現在施設にいる子供の情報、施設で働く従業員たちのデータも、何ひとつなかった。

スグリの森の関係者で名前を出しているのは、ネット上では施設長である勝忠国のみ。このご時世に職員や利用者のデータを紙で管理しているとも思えないから、そういったデータはネットに繋がれていないパソコンの中にあるのだろう。

「頭についてる数字も意味がわからないな」

仁子、士郎、千聖、早坂は【0】、遠藤、真優は【1】で、【0】がついている人数のほうがだいぶ少ない。

「いまのところわかってるのは、【0】は養子に出されてるってことくらいだね」

千聖に指摘されて、初めて気がついた。

日本には父母による養育が困難であると判断された子供と縁組をする、特別養子縁組という制度がある。生まれてまもない赤ん坊のみがその対象だと思われがちだが、現在は十五歳未満、条件付きで十七歳まで可能となっている。

当事者同士の合意があればできる普通養子縁組とは異なり、特別養子縁組は家庭裁判所による審判が必要な他、縁組によって血縁親族との関係が存続か終了かの違いもある。千聖、士郎、仁子の三人は、この特別養子縁組によって三朝家の子供となった。早坂がどちらなのかはわからないが、養い親に育てられたことは確かだ。

けれど、【0】が養子だということがグループ分けの基準だと仁子には思えなかった。それは、【1】が頭についたグループに、麗（うらら）の名前を見つけていたからだ。

麗は、中学生の頃に養子になったと言っていた。それが理由で、仁子と麗は仲良くなったのだから、間違いない。

それをふたりに告げると、また重い沈黙が落ちる。

「麗ちゃんの名前もあるなんてね」

仁子は友達が多いほうではないので、千聖も士郎も麗の名前は覚えていた。

「友達からスグリの森の話を聞いたことはないのか？」

「うん。私も話したことはないと思う」

スグリの森でのことを思い出したくない、ということではない。話す必要がなかっただけだ。麗に出会った頃には仁子は三朝家の一員で、家族の話はいくらでもできた。

ううん、と溜息とも唸り声ともつかない声を千聖が上げる。

「ふたりには言ったことがないし、言う必要もないと思ってたんだけど……」

その口ぶりから、あまり話したい内容ではないようだ。

いつのまにか、仁子の足元にはマメがやってきていた。起きたばかりで寝ぼけているのか、少しだけ左右に身体が揺れている。抱き上げて膝に乗せると目が覚めたようで、ピンと耳を立てておとなしく座っていた。

「母さん……三朝のね？　母さんはスグリの森で働いてたっぽいんだよね」

「お母さんが？」

仁子は施設に一年しかいなかったが、その間、施設で母を見かけたことは一度もない。養子になると決まってからも、スグリの森の話が出たのは手続きに関する時だけだ。

「どうして千聖は知ってるんだ？」

士郎も同じことを考えているようで、驚きが目に浮かんでいる。

「施設で見かけたことがあるからだよ。ほら僕、鍵を開けるのが好きだったじゃない。施設にいた時も、暇潰しにいろんな鍵を開けて遊んでた時期があるんだよね」

その際に入った区域のひとつで、母を見かけたという。

「いわゆるスタッフオンリーの扉の向こうに母さんはいた。医者みたいな白衣を着てたよ。他の職員にすぐ追い出されたから何をしてたかまではわからないけど」

その後に養子の申し入れがあり、初めての面談で母に会った時は驚いたという。母も千聖を覚えていたようだったが、お互いそれについては触れなかった。

仁子が三朝家の養子になった時、母は働いていた。いま思えば、どこでなんの仕事をしていたのか聞いたことがない。仁子が学校から帰る時間には家にいてくれたし、母が働いているという意識すらなかった。

「千聖の見間違いだった可能性は……ないな」

「うん。それだけはあり得ない」

千聖は、一度見た人の顔は忘れない。忘れられない。それがどんなに一瞬の出来事でも、長い年月が経っていても、人物判定を誤ることはない。

「俺には研究の仕事をしてると言ってたが……」

「それは本当だったのかもしれないよ。あと、いまの話でもう一個気づいたんだけど」

「まだ何かあるのか」

士郎の顔に、わずかではあるが疲労が浮かぶ。気持ちはわかる。スグリの森の話をすればどうしても過去を思い出す。そこに三朝の家の知らなかった事実が加わるとなると、精神的にもダメージがあった。絶対的な安全地帯だった三朝の家が、そうではなかったと心の砦（とりで）を壊されていく感じがある。

「母さんの旧姓、廿楽真沙美ってイニシャルMTだなって」

ハッと、仁子はテーブルの上に置いておいたノートパソコンに視線をやる。

ログインIDのMTは、父・三朝智樹ではなく、母・廿楽真沙美なのではないか。

「このパソコンは……お父さんのじゃなくて、お母さんの……？」

「ファイルの中身がスグリの森と関係してるんだとしたら、その可能性が高いんじゃないかな」

父の残したメッセージを元に探し当てた部屋にあったから、てっきり父のものだと思い込んでいた。けれど、あの部屋を使っていたのが父だとしても、パソコンも父のものだとは限らない。母の私物だとすれば、パソコンのバッググラウンドに設定されているアネモネにも納得がいく。母は、花が好きだった。

「もしそうだとしても、だからなんなんだ？　このリストがなんのリストなのかもわからなければ、父さんの行方もわからないままだ」

「そうなんだよねえ」

Gリストを調べていけば、父がどうしていなくなったのか、父がいまどこにいるのかがわかるのではないかと思っていた。けれど、調べれば調べるほど謎は深まるばかりだ。

「父さんは母さんの事故について調べてて、その母さんはスグリの森に関する何かのリストを保管してた。父さんがいなくなったのとGリストに関係があるのかはわからないけど、気にはなるよね。僕らの名前も載ってるし」

「次はどうするんだ？　またリストの中からひとり選んで調べるのか」

「それしかないんじゃないかなあ。他に手掛かりもないんだし。それにほら、僕らちょっと世の中の役に立ってるじゃない」

遠藤の悪事を暴き、若者の夢を取り返した。

放置されていた真優に、居場所を提供した。

リスト内の二名を調べた結果、意図せず出た成果だ。そこに確かな正義があったかと聞かれれば、結果として善行になったと言うしかない。初めから、正義の味方になろうとしたわけではないからだ。

「せめて、このリストがなんのリストかだけでもわかれば、先に進めそうなのに」

仁子が溜息をついた時、膝でおとなしくしていたマメが急にジャンプをしてテーブルに上がろうとした。

「マメ⁉　ダメだよ！」

慌てて抱き寄せようとしたけれど、仁子の反射神経などよりマメのほうがよほど素早い。マメは狙ったみたいにノートパソコンのキーボードを踏んづけ、ふん、と鼻を鳴らした。

「こらこら。精密機械は案外脆いんだから」

ひょいと、千聖がマメを抱き上げる。マメは持ち上げられたまま、「わふわふ！」と小さく吠えた。それはまるで、注意を促すために声を出しましたと言わんばかりの調子で、三人は顔を見合わせて笑った。

「かまってほしくなったのか？」

「まあ、マメには面白くない話だったよね」

「マメが面白い話題は何かって言うとそれも……」

笑いながら話していた千聖の口調が、徐々に遅くなっていく。笑んでいたその瞳も、真剣な色へと変わっていくので、どうしたのかと視線の先を追った。

千聖が見ていたのは、マメがキーボードを踏んでしまったノートパソコンだ。エラーが出ることもなく、画面にはネットの検索結果が表示されていた。

「これ、早坂さんの……？」

パリコレに日本人の、それも学生が参加するなんて快挙は、大きなニュースだった。年が明けても早坂ブームはまだ続いており、早坂を扱ったニュース記事は多い。たまたま表示されていたサイトが、そのひとつだった。

『早坂穂花がギフテッドと言われる五つの理由』

ニュースの見出しに、目が釘付けになる。

――ギフテッド。

その言葉には、馴染みがある。たぶん、仁子だけではなく千聖と士郎にも。その証拠ではないが、三人とも押し黙っていた。

ギフテッドとは、並外れた才能を持つ子供に使われる名称だ。仁子がただの体質だと思おうとしているものを、才能なんて綺麗な言葉で飾り、理解したように見せているだけの、言葉。

仁子もまた、そう呼ばれたことが何度もあった。その度に、お前は変だと言われている気がした。白い羊の群の中にいる黒い羊。仲間に入れてもらえず、鳴くことも許されない。

早坂のように人々に歓迎される才能だったならば、違っていたのかもしれない。

あるいは千聖の、あるいは士郎の、あるいは真優の……。

仁子は数字と仲良しの体質なのだと母が言ってくれなければ、いまはもっと生きづらかったに違いない。

だから、仁子のはただの体質で、ギフテッドなどではない。決して。

けれど頭の中では、考えてしまう。

Gリスト——gifted list.

このリストが、神からのギフトをもらった子供たちのリストなのだとしたら。

「マメ、もしかしてお前、狙ってこれ出したの？　だとしたらお前こそ天才だねえ」

千聖の笑い声で、仁子は明るい場所へと引き戻されたように息を吐き出す。知らず呼吸を止めていたらしい。

「会話も理解しているようだしな。ＩＱを測ってみたらすごいことになるかもしれない」

冗談めかして言う士郎も、どこかほっとしたような顔をしている。まだ過去を過去と割り切れていない弟妹を、千聖は柔らかい瞳で見つめて抱きしめた。抱かれたままのマメが間に挟まれ、ふぐ、と小さく鳴く。

「推測は色々できるけど、今日はここまでにしておこう。明日も忙しいんだから」

「明日って何かあった……？」

思い当たることがなく、慌てて聞き返す。

「あるある。朝起きて、ご飯食べて、学校に行って、帰ってきてまたご飯食べて。ね？」

悩みを抱えていても、明日はやってくる。その明日をどう過ごすかは、自分次第だ。

「良い一日は良い睡眠から始まるからな。早く寝るのが大事だ」

「そういうこと。今日は色々あったしね。ゆっくり眠って、また明日話そう。考えてみたら、この三人で施設の話ってしたことなかったよね。いい機会かもよ」

三朝の家にいれば、元の両親のこともスグリの森のことも、話す必要なんてなかった。でもそこに、先に進むヒントがあるのだとしたら、蓋を開けるべきなのだと思う。

「うん、そうだね。また明日から、始めよう」

明日になれば何かが変わっていると信じているみたいに、三人して「また明日」と言ってその日は眠りについた。

夢の中で、仁子は羊の群れの中にいた。白い羊の群れの中で黒い毛皮を着た仁子はとても浮いていて、居心地が悪い。同じように、黒い羊が数匹混じっていて、彼らもまた所在なげな顔をしていた。けれど、白い羊たちはどんどん黒いペンキを被り、黒い羊になっていく。

黒い羊と白い羊。黒い羊の数がどんどん増えていく。

一匹、二匹、三匹……。

気がつけば、仁子の周りは黒い羊だらけになっていた。これでもう大丈夫だと思うのに、黒く塗られた羊たちはその横長の瞳孔でじっと仁子を見上げてくる。

いくら毛皮の色が同じでもお前は違うと言われているようで、仁子はそっと群れを離れた。

第三話　怪盗ふたたび

「あれは好きじゃなかったなあ」

今朝の朝食は、白菜と豆腐のお味噌汁に卵焼き、アボカドとマグロの漬け丼、そしてがめ煮だった。

がめ煮とは福岡県の代表的な郷土料理のひとつで、筑前煮とも呼ばれる煮ものだ。士郎の得意料理であり、家族受けも良いので和食の時は出番が多い。

千聖は三杯目のご飯を食べながら、視線を遠くに投げている。あれ、と言っているのは、スグリの森で定期的に行われていたテストのことだ。

施設の話をしようと言っていた日の翌日、千聖に急な仕事が入ってしまい、結局ゆっくり話せず仕舞いだった。士郎とふたりで話すこともできたはできたけれど、仁子と士郎だけだと話が重くなってしまいそうで、自然と千聖の帰りを待つ形になっていた。

一週間のロンドン出張から千聖が帰ってきたのは昨日の金曜日の夕方六時。帰り着くやいなや死んだように眠りにつき、いまに至る。

今日のメニューは、起きたら空腹を訴えるであろう千聖のために士郎が夜のうちから仕込んでおいたものだ。上品に出汁の香るお味噌汁は寝起きの胃に優しく染み込み、甘めの九州醤油を吸った漬け丼は空腹を満たし、ザ・おふくろの味のがめ煮で心も癒される。

日本食が恋しくなっていたであろう兄への完璧な朝食メニューに、千聖は文字通り士郎を拝んだ。

「結構時間かかったじゃない？　体力測定なんか特に。そんな頻繁にやっても結果なんて変わらないって思わなかった？」

「そう言われればそうだな。あの頃は特に気にしてなかったが」

「毎日宿題が出てたから、その成果を知りたかったのかも」

宿題と言っても、難しいものではなかった。小学校入学前の仁子などは簡単な数字遊びや暗記問題のみで、お遊びの延長のようなものだった。

「あったねえ、そういえば。けど、宿題とテストの内容が違いすぎて、成果とか出る感じしなかったよ。毎日よくわかんない絵を見させられたり、人混みの中から特定の人を見つけるとかやらされたけど」

「え？」と士郎と仁子の声が重なった。「ん？」と千聖が首を傾げる。同時に床でご飯を食べていたマメも首を傾げるものだから、笑ってしまった。

「年齢によって違ったのか？　俺は大抵ＣＤを渡されてそれを聴くやつだったぞ」

「私は……計算問題とか数字のフラッシュカードとかが多かった」

三人分を照らし合わせてみて、ようやくわかった。あれは、宿題ではなく訓練だったのではないか。

「なるほどね。道理で宿題をやる時間は部屋から出るのを禁じるわけだ」

「あれは宿題をサボって誰かのを写す人がいるからかと思ってた」

「静かにしないと音が聞こえないから以外に理由はないと思っていたが、こんなに内容が違っていたのか」

スグリの森に入る際、仁子はテストを受けた。その結果を知らされることはなかったけれど、そこで体質について明らかになったのは確かだ。

「じゃあ……スグリの森にいた子たちはみんな、私たちみたいだったってこと？」

多少仲良くなった子もいたけれど、すぐに縁組が決まって施設を去ったり、親元に帰ったりと、その日その日で遊ぶ子が変わったので、体質について語り合うほど仲の良い子はできなかった。

「その可能性もなくはないだろうけど、どうかな」

スグリの森には常時三十名以上の子供がいたと千聖は言う。仁子は人の顔を覚えるのはあまり得意ではないので、よく覚えていない。

それに、あそこは子供の入れ替わりが激しかった。仁子は約一年、千聖と士郎も一年くらいしかいなかったはずだ。

「そんなにいるものかな？　少なくとも僕は、士郎と仁子以外……あ、真優(まゆ)くんもか。その三人以外は知らないよ。こういう体質だから親元を離れたって意味では集まりやすいのかもしれないけど」

それでも、常時三十人を特異な体質を持つ子供だけで保つのは難しい気がする。

「俺も、そうとは限らないと思う。見かけただけだが、まだまともに歩けないような子供がいるのを見たことがあるからな。話せないうちは、さすがにどんな体質かなんてわからないんじゃないか？」

「それはそうかも……」

それに、そういった子供たちを集める理由もわからない。縁組が難しそうな子供だから、それに特化した施設を作ったのだろうか。例えば、支援学級のような……。

職員の数は多く、常に大人に見守られている環境だった。施設内には学校の保健室のようなものがあって、医師や看護師も常勤していた。少し風邪っぽいというだけですぐに診てもらえたから、かなり恵まれた環境だったと思う。

親元を離れることを悲劇のように言う人もいるが、仁子はあそこに入れて幸運だったと思っている。その後、三朝(みささ)の家に引き取られるというもっと大きな幸運に恵まれたのでインパクトは薄まっているが、あそこでの生活も決して悪くはなかった。

何より、周りに機嫌の悪い大人がひとりもいないというのは、とても居心地がいいものだ。スグリの森の職員たちはいつも仁子に優しかった。そこに、我が子に対するものではないとしても、愛情が少しもなかったとは思わない。

子供たちに接する職員と経営層は違うのだと言われてしまえばそれまでだが、仁子にはあの施設が何かの悪事に加担しているとは考えづらかった。ただ、そう思いたいだけなのかもしれないけれど。

「いいとこだったよね。ご飯も士郎ほどじゃないにしても美味しかったし」

「職員の面倒見もよかった」

千聖も士郎も考えていることは同じらしい。

「まあ、ひとまずいまはどれも推測の域を出ないってところかな」

「結局、リストにある人物を調べるしか方法はないか……」

父がいなくなったことと、母のことと、何か関連があるのだろうか。それに、スグリの森は関係しているのか。遠藤の件があっただけに、Gリストからは犯罪の香りがするような気がしてしまう。

「そういうことだね。父さんの捜索にも進展はないようだし、三人目を当たってみよう」

「その三人目なんだけど、【0】がついている人にしたい」

ひとり目、ふたり目は、頭の番号が【1】のグループを上から当たったが、両方のグループを調べることで、何を基準にグループ分けされているのかがわかるかもしれない。仁子の提案はすぐに採用された。

「それがいいね。【0】と【1】の違いがわかるだけでも、ヒントになるかもしれない」

「俺はどっちでも構わないが、【0】の中でも誰にするんだ？」

「遠藤さんの時も一番上からにしたから、今度もそうしようと思うんだけど……」

「何か問題？」

仁子はリストの【0】グループの一番上を指差す。

【柳城幸太　十歳　私立梅の宮小学校四年生】

「また子供か」

士郎の口ぶりが重い。また、真優のような子供だったらと思うと、仁子も気が重かった。かといって、大人を探して遠藤のような人物に当たり、もう一度正義の鉄槌を振りかざすことになるのも怖い。

「幸太くんは四年生か。ってことは……」

千聖が話している途中で、士郎が手のひらを向けて制止を促した。その視線は喫茶モーニングのドアに向けられている。準備中の札を下げたドアの前に、小さな影が写っていた。

「わふ！」とマメが嬉しそうに鳴いて、自分のリードを口に咥えてからドアに走っていく。

真優の散歩のバイトは毎日学校後の夕方だが、今日は土曜日なので朝からの予定だった。時間を決めているわけではなく、真優の都合で来ていいと言ってあるが、大抵土日は午前のうちに迎えに来ていた。

「噂をすればとはまさにこのことだね」

千聖がドアを開けてやると、真優は礼儀正しく「おはようございます」と頭を下げてから中に入ってきた。その足元に、マメが忠犬よろしくおすわりをする。

「まだ早かった？」

朝食が途中の様子を見て、真優が申し訳なさそうな顔をした。真優と接するようになってまだ一ヶ月ちょっとだが、随分といろんな表情を見せてくれるようになった。

「気にするな。千聖がおかわりし続けてるだけで朝食自体は済んでる」

「そうそう。気にしなくて大丈夫だよ。まあ、真優くんもココアでも飲んでゆっくりしてから散歩に行けば？」

「いいの？」

「いいよ。ねえ、士郎？」

僕は食事中だから、とココアは士郎に任せ、千聖はまたご飯を再開する。食べるスピードは早いし量も多いのに、下品どころか上品に見えるから不思議だ。千聖の食べ方を見ていると、皇族のようだな、と昔父が笑っていたのを思い出す。

「ココアでいいのか？」

真優の返事より先に、士郎はもうカウンターに入っている。そこに遠慮する隙なんてなくて、真優は嬉しそうにマメを抱えてカウンター席によじ登った。

「うん！　ココア大好き」

真優の笑顔は無垢そのもので、空気がほっこりする。なごやかな雰囲気に流されて、Gリストをテーブルに出しっぱなしにしていたのをすっかり忘れていた。マメが、真優にそれを教えるように短い足をカウンターに載せる。

すぐに片付けたので、真優がリストの中にある自分の名前に気づきはしなかったはずだ。

けれど、真優の場合は目に見えるかどうかが問題ではないことを忘れていた。

「幸太くんって、誰？」

ココアを受け取り、ふうふうと一生懸命息を吹きかけながら真優が聞く。

ドアが閉まっていても聞こえたのか、と千聖の顔に微苦笑が浮かんだ。士郎は軽く肩を竦(すく)めている。そういうもんだ、とでも言いたげに。

「これからちょっと仲良くなるかもしれない子、かな？」

千聖の説明に、仁子もうんうんと頷(うなず)く。どう説明したものかと思っていたけれど、上手い返事だと思う。

「四年生なんでしょう？　ぼく、友達になれるかな……？」

キラキラとした目で見上げられ、う、と言葉に詰まった。

正直、真優がいてくれたら接触はしやすい。真優の時もそうだったけれど、大人が子供に接触を図るのは、いまのご時世とても難しい。仁子はまだ子供の部類に入るのかもしれないけれど、それでも警戒されることだろう。

「うーん、どうかなあ」

千聖も困ったように眉尻を下げている。

幸太の住む地域は隣の区なので、そこまで遠いわけではない。小学生同士が遊ぶには少し距離があるけれど、ネットネイティブの真優世代には距離はあまり障害とはならないだろう。問題は、幸太がどういう子供か、ということだ。

真優に紹介するにしても、せめて両親についてくらいは調べてからにしたい。せっかく真優が本当の笑顔を見せてくれるようになったのだから、少しでも危険なことからは遠ざけてやりたかった。

「……友達になりたいのか？」

士郎がカウンターの向こうから真剣な瞳を向ける。それを受けて、真優はわざわざカップを置いてから背筋を伸ばして頷いた。

「どうして。学校に友達がいないわけじゃないだろ」

いまは、という言葉が音にはならなかったけれど、仁子の頭の中では聞こえていた。宝物を奪っていた頃の真優には、本当の友達はいなかった。けれどいまは違う。宝物を返し、きちんと謝罪もした結果、仲直りできた子もいる。野球ボールを返したあの子の話は、真優からよく聞くようになっていた。

真優は少し考えてから、決心したみたいな顔で言う。

「ぼくのところに士郎お兄ちゃんたちが来てくれたのと、同じなのかなって思ったんだ」

やはり、真優は賢い。仁子たちの会話をすべて聞いていたわけでも、事情を知っているわけでもないはずなのに、きちんと核心をついている。

「学校にも友達はいるけど、幸太っていう子がぼくと同じなら、話してみたい」

「真優と同じかはまだわからない」

「そうなの？　でも、ぼくを見てたみたいに、幸太のことも隠れて見るんでしょう？　それならぼくが聞いたほうが早いよ」

何日も監視をするよりも、本人に直接聞いてほしい。暗にそう言われているようで、罪悪感に胸がずきりとする。

真優の時は監視に日数を割いた分、真優を悪環境から救い出すのに時間を要した。幸太の場合も時間をかければいいとは言い切れず、三人で顔を見合わせる。

「仁子、下調べにどれくらいかかる?」

観念したように士郎から聞かれる。

「ひとまず、生活環境と一親等くらいまででいいと思うよ。なんせまだ小学四年生だからね」

千聖が言うのは子供だから犯罪行為に関係している可能性が少ない、という意味ではないだろう。子供だから、本人の情報を得るにはネットだけでは難しいことがわかっているのだ。

「表向きのものだけでいいなら、すぐ出せると思う」

幸太が未就学児童の場合はなかなか骨が折れるだろうが、小学生なので、毎日学校に通っているかくらいはすぐにわかる。

ただ、幸太を監視するにせよ接触するにせよ、行動範囲や行動パターンを把握する必要もある。平日ならば、小学生は学校に行くだろうからある程度把握しやすい。しかし学校のない土日となると、家を張ったりしなければ難しいだろう。

今日は土曜日なので、月曜日まで待つとなると、真優の期待する速さに応えられない形になる。

「まだ八時か」

千聖は喫茶店の壁にかけてある、柱時計を見上げていた。その瞳が、いたずらを考えている子供みたいに光っている。

「車で移動しながらでも調べられそう、それ？」

「……できないことはないと思う」

「よし、じゃあ行っちゃおっか」

ね、と肩を叩かれた真優のほうが驚いている。

「車を飛ばせば九時には着くでしょ。ちゃんと話せるかはわからないけど、挨拶くらいはできるんじゃない？　ドライブにもいいお天気だし」

ようは、早く行って家を見張ろうということだろう。こんなにも晴れた土曜日、外に出かける可能性は高い。

「どこにも出かけなかったら……？」

刑事でもないのだから、一日中張り込みをするわけにもいかない。車で見張れる場所を見つけられれば、二月の寒さに震える心配はないが、それでも時間は限られる。真優を連れていくとなると、余計に。

「出てこなかったら出てこなかった時考えよ。それでも良ければ、一緒に行こう。どう、真優は嬉しそうに頷いた。

「行っても、会えないかもしれない。それでも、真優くん?」

「オッケー! そういうわけで、士郎、お弁当よろしく」

気がつけば、千聖は食事を終えていた。話していたというのに、いつのまに食べたのか。先週も土曜日に喫茶店を閉めていたこともあり、士郎だけは留守番をすることになったが、二十分という速さで三人と一匹分のお弁当を用意してくれた。

お重レベルのお弁当を手に、仁子たちは千聖の車へと乗り込んだ。気分はすっかり遠足だ。車内ではいま流行っているというアニメの主題歌を千聖と真優が合唱し、時折マメの合いの手が入った。助手席でノートパソコンを開き、幸太の情報を調べている仁子のほうが場違いなほど、楽しげな雰囲気で車は進んでいく。

これが本当にただのドライブだったら、そしてここに父もいたら、どんなによかっただろう。仁子は窓から見えるよく晴れた空を見上げ、こっそりと溜息(ためいき)をついた。

幸太の住む家は、駅から徒歩二十分ほどの距離にある二階建てのマンションだった。

千聖は二〇七号室のドアが見える時間決めパーキングに車を停(と)めた。住宅街の中にパーキングがあったのはラッキーだった。路上駐車になっていたら、たとえドライバーが乗車していても駐禁の注意を受ける可能性もある。

「お、九時前とうちゃーく。道路空いててよかったねえ」

「車すごく速かったね！　ぼく、高速道路って初めて乗った！」

「そっかそっか。僕の運転の腕はどうだった？」

車内の空気はいまも遠足気分のままだ。ただひとり、仁子を除いては。

調べてみてすぐにわかったのは、幸太が養子だということだった。リスト【0】グループの共通点がまたひとつ集まったことになる。

しかし幸太が仁子たちと違うところは、柳城家には実子がいるということだ。幸太を引き取った四年後に、妹が生まれている。

柳城玲奈、幸太の母親は不妊治療を受けていた記録が残っていた。子供に恵まれず、不妊治療に臨んでいたが、治療に区切りをつけて幸太を養子に迎えたのが六年前。その四年後に、自然妊娠という形で妹を授かっている。

養子の長男に実子の長女。家庭環境としてはそれだけで複雑なものに思える。血の繋がりの有無で幸太がつらい思いをしていませんように、と祈らずにはいられない。

しかし、そのことが原因かはわからないが、柳城家にはすでに影が落ちていた。

幸太の父親は議員をしており、高所得者層に属している。それを鑑みると、いま目の前にあるマンションはとても質素な感じがした。間取りを調べると、２ＤＫだった。

そのマンションに、幸太は一ヶ月前に越してきたばかりだ。それは小学校に提出された書類からわかったことだが、父親の勤め先には転居の届けが出ていない。

別居、という文字が頭に浮かぶ。

到着後に、千聖にも調べた内容を共有した。すべて真優に聞かせるのは気が引けたため、スマホにまとめたものを送る形にしたのだが、千聖はスマホを確認しながらも真優と楽しくおしゃべりを続けていた。表情にも、声にも、なんの変化もなく、そのメンタルの強さに改めて舌を巻く。

「ニコお姉ちゃんはどう思う?」

不意に話しかけられて反応が遅れた。なんの話かと聞くと、幸太は犬好きかどうかという話だった。

「マメいたら怖がるかな?」

「……マメは身体も小さいし大丈夫だと思う」

何より、マメが人を怖がらせるような真似をするとは思えなかった。

マメはいまではすっかり喫茶モーニングの看板犬になっていて、お客さんの中にはマメに会いたくて通う人まで出ているほどだ。飲食店なので、フロアに出さず住居部分で飼う予定だったのだが、マメのあまりの賢さに一日試しに出してみたところ、非常に評判がよかったために看板犬に就任した。

もちろん、お客さんの中には犬が苦手な人もいる。けれど、マメはそういう空気のようなものを感じ取るのか、そういった人には自分から距離を取る。勘まで鋭いなんて、仁子よりも店員に向いている気すらする。

「そうだよね! 一緒に遊べるといいなあ。ね、マメ」

楽しみで仕方ないといった様子の真優を見ていると、幸太と会えるといいなと思う。同時に、幸太につらい事情がありませんようにと願う。Gリストの意義がわからないいまは、祈ることしかできないが――。

そろそろ、待機をしてから三十分が経とうとしている。出かけるのなら、そろそろ家を出てもおかしくはない時間だ。すでに出かけていた場合は目も当てられないが、もともと無謀な作戦だけに穴があるのは仕方がない。

千聖に『ふたりは友達になれると思う？』とこっそりスマホでメッセージを送った。千聖からの返事は、『神のみぞ知る』

その通りとしか言いようがなく、仁子はフロントガラスの向こうに視線を投げた。その時、二〇七号室のドアが開く。

「出てきた！」

真優も気づいたようで、すぐに車から飛び出した。

「待った……っ」

千聖が慌てて止めようと自分も車を降りる。けれど、捕まえる必要もなく、真優は車の外に立って、じっと幸太と母親を見つめていた。

二歳の娘は連れていない。家にひとりで置いていける年齢ではないと思うが、どこにいるのだろう。土曜日でも保育園に預けているのだろうか。

「どうしたの？」

仁子も車を降り、真優の隣に立って幸太たちを見やる。ふたりがこちらに気づいている様子はない。並んで、楽しそうに歩いていく。ラフな服装から見るに、遠出をするつもりはなさそうでほっとした。

「あの人、知ってる」

「え？　あの人って、幸太くんのお母さん？」

こくり、と真優が頷く。仁子は写真で先に幸太の母親・柳城玲奈の顔を確認していたけれど、見覚えはなかった。

「友達のお母さん、のわけはないし、どこで見たか覚えてる？」

千聖の問いかけには、首を横に振る。見間違いだったのかなと思っていると、真優らしい理由だった。

「スグリで声を聞いたんだよ」

一度聞いた声を忘れない。やはり真優の体質は士郎と同じようだった。

仁子には、幸太たちの会話など聞こえない。一体、真優には何が聞こえているのだろう。

「幸太くんは養子だっていうし、スグリの森の出身なのかもね……」

スグリの森は、養子にする前に何度か子供と養親との相性を見るための面接がある。その時に訪れた玲奈の声を、真優は聞いたのかもしれない。

三人目もスグリの森の関係者だとしたら、少なくともGリストがスグリの森に関する何かだということは確定といって差し支えないだろう。

「ぼくは何も教えてもらってないけど、あそこの先生だよ。他の子に歌を教えてたもの」

仁子と千聖は思わず見つめ合う。

スグリの森の職員は、子供たちから先生と呼ばれていた。学校のような授業があったわけではないけれど、宿題の面倒を見てくれたり、一緒に遊んでくれたりする。

「ちーちゃん、ちょっとふたりで先に行ってて」

幸太と母親は仁子たちが話している間にだいぶ遠くまで歩いて行ってしまっていた。見失うわけにはいかない。

「オッケー。あとで合流しよう」

千聖から車の鍵を受け取り、仁子は助手席に座り直した。ノートパソコンを取り出し、柳城玲奈についての情報を調べ始める。父親については詳しく調べておいたのに、母親は最新の職場程度しか調べていなかった。

母親の職場はそこまで子供に影響しない、という固定概念があったせいだ。自分の頭の固さに溜息が出た。

スグリの森に勤める職員の名前は公表されていない。けれど、個人個人の履歴書には、記載があるはずだ。

思った通り、玲奈の転職先の企業をハッキングすると、保管されていた職務経歴書にはスグリの森の名前が書かれていた。五年前に退職しているが、十二年間勤めていたと記載されている。

真優の言う通り、玲奈はスグリの森の元職員だった。三朝三兄妹が在園していた期間も、あそこで働いていたことになる。

玲奈は、母を知っているだろうか――。

三朝の両親は、どちらも兄弟や親といった血縁者との縁が薄い人たちだった。だから、仁子たちには親戚という類の人々がひとりもいない。それもあって、両親のこと、それも家の中ではなく外での両親を知っている大人に会ったことは一度もない。

母のことを聞けるかもしれないと思うと、急に緊張してきた。

仁子は一度大きく深呼吸をして心を落ち着けてから、車を出る。千聖に連絡を取ると、すぐに返事があった。

『いま、近くの公園。仁子もおいで。なごむよ』

なごむ、の意味がいまいちわからないが、仁子は合流するために公園へと足を向けた。

歩いて五分ほどのところにある公園は、広々としていた。

ブランコ、滑り台、鉄棒といった遊具がある他、原っぱが広がっている。子供、それも犬を連れた子供が走り回るにはぴったりの場所だ。

「マメ、こっちこっち！」

「マメ、今度はこっちだよ！」

真優と幸太が、マメにボールを投げて遊んでいた。ふたりと一匹が文字通り転げ回っている様は、まさに心なごむ光景だ。

千聖を探すと、少し離れたベンチの近くで主婦らしき人たちの井戸端会議に加わっている。どう見てもひとりだけ浮いているのだが、浮いているのが浮いていないから不思議だ。

千聖は仁子に気づくと軽く手を振って、輪を抜けてきた。

「ちーちゃん、玲奈さんは？」

軽く見回したが、玲奈の姿は見当たらない。

「買い物に行ってるよ。真優くんが幸太くんとすぐ仲良くなって遊び出したから、よかったら僕が見てますよって言ったら、すぐ戻りますって」

小学四年生ともなると子供だけでも遊びに行く年頃だとは思うが、誰か保護者が見ていてくれるほうが安心して離れられるというものだろう。ましてや、幸太は玲奈と遊ぶために公園に来た可能性が高い。たまたま、真優という遊び相手ができたからいいものの、ひとりきりで遊ばせて買い物には行けなかっただろう。

「情報共有しておこっか」

千聖に促され、ふたりでベンチに腰を下ろす。その間も、真優は幸太と楽しそうに遊んでいた。仁子が来たことは聞こえているだろうけれど、気にしている様子はない。

「これで」

仁子は持ってきておいたノートパソコンをおもむろに取り出した。

真優の耳がどこまでいいかはわからないが、士郎のように、注力しなくとも周りの音を聴いてしまう体質ならば、この会話も筒抜けになってしまう。あまり、子供に聞かせたい話ばかりでもないから、念のための筆談だ。

仁子からは玲奈がスグリの森の元職員だったと確認できたことを伝えた。千聖からは、いまそこで話していた主婦たちから得た情報の数々が共有される。

玲奈は一ヶ月前に、幸太とふたりで引っ越してきたこと。

父親については誰も確かな情報は持っていなかったが、玲奈の様子から、逃げてきたんじゃないかと思っている人がいたこと。

その玲奈の様子というのが、人目を気にし、どこか怯えているようだということ。

「……ちーちゃんは玲奈さんと直接話して、どう思ったの？」

「んー。第一印象は優しそうな人だなって感じ。ただちょっと、陰があるというか疲れてる感じはしたかな」

あと、と千聖が付け足したのは、玲奈ではなく幸太のことだった。

幸太は、ピアノが非常に上手いらしい。同じ小学校に通う子供がいる母親の話によると、幸太はまるでプロのピアニストのように弾けるという。しかし、幸太がピアノ教室に通っている様子はなく、いまのマンションからピアノの音を聞いた人もいなかった。

「小さい頃から習ってたのか、それとも」

千聖の言いたいことはわかる。

幸太もまた、仁子たちのように変わった体質なのではないか。それがピアノという形で表に出ている可能性はある。小学四年生でも大人を騒がせるくらい上手な子もいるので、いまのところは保留だが。

仁子と千聖が話している間も、真優たちは元気に走り回っていた。誰かに借りたのか、いまはサッカーボールをふたりと一匹で追いかけている。

「まあ、とりあえず今日は、真優くんに友達ができたことだし、目的達成ということにしよう」

「そうだね。ふたりが仲良くなれてよかった」

リストの中では【0】と【1】に分けられているけれど、遊んでいるふたりからはそんな壁は感じられない。そのことに、どこか安堵(あんど)している自分がいた。

喫茶モーニングの店内には、トマトソースのいい香りが漂っている。

「できたぞ」

士郎の号令で、待ってましたとばかりに真優がキッチンに飛んでいく。すっかり手伝いも板についている。

真優が来る前は、カウンターテーブルで食事をとることが多かった。けれど四人となると横並びは話しづらいこともあって、自然と丸テーブルが定位置となっていた。

真優が料理を運んでくれている様子を、仁子は奥のソファに横たわって見守る。自分も手伝おうという気持ちはあれど、身体が痛くて起き上がれなかった。

昼すぎには撤退しようと思っていたのだが、真優と幸太がまだ遊びたいというので、玲奈に許可を取って夕方まで遊んだのだ。千聖と交代しながら仁子も遊びに加わった結果が、これだ。千聖には、その日のうちに筋肉痛が来るだけ若いと言われたけれど、自分の体力のなさが情けない。

「ニコお姉ちゃん、起きられる？」

準備が整い、真優がわざわざ仁子を迎えに来てくれた。小さな手に支えられながら起き上がる時の気分はすっかり老後である。

「……仁子、無理そうなら部屋で食べやすいものを用意するぞ」

「寝込んだ時用のテーブル出そうか？」

どこまでも妹に甘い兄ふたりは、仁子の様子をあたたかい瞳で見守っている。ただの筋肉痛だけに、有り難さと同じくらい恥ずかしさがこみ上げる。

「大丈夫……。一度起き上がっちゃえばそんなに大変じゃないから」

大きく姿勢を変える時が一番つらいのだ。歩き方はロボットのようになるが、病人扱いされるほど重症ではない。

真優に手を引かれてどうにか席につき、四人で食卓を囲んだ。

今日の夕ご飯は煮込みハンバーグだ。

テーブルの上には、トマトソースで煮込まれたハンバーグにライス、太めにカットされたフライドポテト、ブロッコリーと人参の温野菜サラダごまドレッシング和え、そしてもやしと卵のスープが用意されている。

お昼に士郎のお重弁当を山盛り食べたというのに、ぐう、とお腹が盛大な音を鳴らした。てっきり仁子のお腹だと思ったのに、真優が自分のお腹を押さえて「えへへ」とはにかむ。

長く待たせては可哀想だと、千聖が音頭を取った。

「いただきます」

仁子が手を合わせてそれに続くと、真優もパン！　と勢いよく手を合わせて大きな声で「いただきます」を言う。出会った頃は、食事前に手を合わせることもなければ、挨拶も聞こえるか聞こえないか程度だったのに、人間変われば変わるものだ。

しみじみと真優の変化を感じながら、仁子はスープに口をつけた。和風だしの優しい味のスープが身に沁みる。続いて煮込みハンバーグに箸をつける。口に入れるとほろり、と柔らかく崩れ、トマトの酸味が効いた少し甘いソースが広がった。ご飯に非常に合うせいか、このハンバーグが出ると千聖のおかわりがいつも以上に増える。いまも、すでに二杯目に取り掛かっている。真優も、夢中でハンバーグを口に運んでいた。

お腹が落ち着いてきたのか、少ししてから、真優が幸太について話し始めた。仁子たちが促したわけではなく、今日できた友達について話したくて仕方がない様子で。

「幸太は犬がずっと飼いたかったんだけど、パパがだめだって言うから飼えなかったんだって。だからマメと遊べてすごくうれしいって言ってたよ！」

「夢中で遊んでたもんねぇ」

相槌（あいづち）を打つのは千聖に任せることにした。自分が口を挟むと、その気はなくとも、情報を引き出そうとしてしまうような気がして。真優を利用したいわけじゃない。

「でもね、みーが飼いたいって言ったら飼ってもいいんだって」

納得がいかないように、真優はちょっと唇を尖（とが）らせる。

みー——未依（みい）は、柳城家の実子、幸太の妹の名前だ。

妹が犬を飼いたいと言った場合は飼っても良いという父親。それしか情報がないというのに、仁子の腕には淡く鳥肌が立っていた。嫌な予感がする。

「だからぼく、つい言っちゃったんだ。いやなパパだねって。幸太はうんって言わなかったけど、いまは一緒に暮らしてないからいいんだって言ってたよ」

やはり、父親は一緒には暮らしていないのか。

「ほんとはみーも一緒がよかったけど、無理だったんだって」

あとね、と続けようとする真優を、士郎が一度止める。

「待て、真優。どうしてそんな報告みたいなことをする?」

きょとん、と真優が首を傾げた。

「だって、お兄ちゃんたちは幸太のことを調べてるんでしょう? 幸太が困ってるなら、早く助けてあげてほしいもん。幸太にも、幸太のこと話していいかちゃんと聞いたよ」

「なるほど。真優くんのほうが僕たちよりずっとよくわかってるね」

どうやら、真優は初めから調査をしに行く心算（つもり）だったらしい。友達になりたいと言っていた気持ちも嘘ではないのだろうけど、仁子たちが真優を利用することなど、織り込み済みだということだ。むしろ、幸太のために仁子たちを使う、くらいの決心がありそうだった。

「じゃあ、遠慮なく聞こうかな。そういうことでいい、ふたりとも?」

士郎、仁子はどちらも苦笑をしながら頷いた。

「幸太くんにスグリの森についても聞いた?」

「うん。幸太もスグリにいたって。でも変なの」

真優が言うには、真優と幸太は同じタイミングでスグリの森にいたはずなのに、一度も会ったことがないという。スグリの森は大きな施設なので、たまたま会わなかっただけかもしれない。または仁子が知らないだけで、支社のようなものがある可能性もある。

「あとね、みーもスグリの森に行くかもって言ってたよ」

「え、でも未依ちゃんはお父さんと暮らしてるんじゃないの……?」

「パパがスグリに入れたがってるんだって」

仁子の記憶の中にも、スグリの森に赤ん坊に近い年齢の子供がいた記憶がある。それを考えれば、未依がスグリの森に入ってもおかしくはないのだろうが、母親から引き離しておいて自分で育てないというのは、どうなのだろう。

「保育環境として優れた施設だとは思うけど、幸太くんはさみしいねえ」

「うん。最初はみーも一緒におばあちゃんちに引っ越したんだけど、ママがいない間にパパがみーを連れてっちゃったんだって。幸太が止めたら、怒鳴られたって……」

暴力を振るったわけじゃないからいい、という大人はいるかもしれない。けれど、子供が大人から怒鳴られることがどれほど恐ろしいか、その人はわかっていない。自分よりも力のある相手に怒鳴られるということは、次に何をされるかわからない恐怖を伴う。それは、未遂であろうと立派な暴力だ。

仁子はお腹の中にどす黒いものが溜まっていくのを感じていた。

「それでね、おばあちゃんちにいるとおばあちゃんに迷惑がかかるかもしれないからって、また引っ越していまのところに来たって言ってた。だから、パパにはいまの家は内緒なんだって。バレたらまた、ママがパパにいじめられちゃうから気をつけてるって」

いじめられる、という子供らしい表現にドキリとする。

「それは、母親が暴力を受けているということか？」

ぼやけたままにしていて、介入の仕方を間違えるわけにはいかない。士郎の目の真剣さが、そう言っていた。

「ううん。ぼくもそれは聞いたよ。でもパパはモラオだから叩かないって言ってた」

知らず、仁子は奥歯を噛み締めていた。

モラオ——モラハラをする男性を、そう呼ぶことがある。モラハラとはモラルハラスメントの略で、倫理や道徳に反し、相手に嫌がらせをすることを指す。DVとは異なり、言動や行動で相手を傷つけるのだ。家庭や職場、大人同士の間で起こることが多いと言われている。

仁子の実父も、これだった。

モラハラの質が悪いところは、表向きにはわかりづらい点と、被害者が被害を認識していない場合が多いということだ。また、暴力を振るわれなければ問題ないと考える人も多く、それくらいで、と言われ被害を訴えにくいこともある。けれど、想像してみてほしい。毎日毎日、わざと不機嫌さをアピール、フキハラをされることが、どんなにストレスになるか。

実母のびくびくした背中を思い出してしまい、仁子はきつく目を閉じた。思い出したくない。

実父とはもう縁が切れている。なんの関係もない。

わかっているのに、思い出が仁子を苦しめる。

不意に手にあたたかみを感じた。

「ニコお姉ちゃん、大丈夫？　具合悪い？」

目を開けると、真優が心配そうに仁子を見上げている。仁子の手に、そっと触れて。

千聖と士郎も、気遣うようにこちらを見ていた。いま自分のいる場所は、こんなにもあたたかい。大丈夫。もう、実母がいじめられることもない。

仁子は精一杯の笑顔を浮かべて見せた。

「大丈夫。少し嫌なことを思い出しただけ」

「仁子、上で休んでてもいいんだよ」

「ああ。何も無理をする必要はない」

　幸太の件から、手を引いてもいい。兄ふたりが言外にそう言ってくれているのがわかった。それに、仁子は首を横に振る。

　過去と対峙しなければ幸太を救えないというのなら、過去の亡霊など切り捨ててしまえばいい。いまの仁子は、泣くことしかできなかった子供ではない。自分の意思で動くこともできるし、何より心強い家族がいる。

「ううん。ここにいたい」

「……わかった。仁子がそう言うならもう言わない。けど、くれぐれも無理はしないようにね」

「仁子は我慢強すぎるところがあるからな。少しでもつらかったら早めに言うんだぞ」

　まったく、兄ふたりはいくつになっても仁子に甘い。それに加えていまは、優しい弟たちまでできた。

「ぼくにできることがあったら言ってね」

　真優の足元で、同意するように「わふ」とマメも鳴く。それぞれの頭を撫でてから、仁子はもう一度笑みを浮かべた。

「ありがとう。早速というわけじゃないけど、幸太くんはピアノについて何か言っていた?」

待ってましたとばかりに、真優は大きく頷く。

「うん！　幸太はピアノが得意で、一回聴いたら弾けるって言ってた。すごいよね！」

やはり、と仁子は千聖、士郎と視線を合わせて頷き合う。

一度聴いただけの曲を弾ける、というのがどれほどすごいことなのか、音楽に疎（うと）い仁子にはよくわからない。ピアノを弾けるだけでもすごいとは思うから、きっとものすごいことなのだろう。

そういえば、ともうひとつ聞いてみる。

「真優くんはスグリの森で毎日宿題出されてた？」

スグリの森にいた時期が違うので、方針が変わっている可能性は十分にある。

「うん。毎日あったよ」

真優の体質から考えると、士郎と同じように音に関する宿題が出されていたのだろう。

そう思っていたのに、予想とは少し違うようだった。

「一ヶ月ごとに変わるやつでしょう？」

「変わるって、内容が？」

「そう。最初にテストして、次の日から算数とか国語とか、決まった宿題が出たよ。あ、でも最後のほうはずっと音楽の宿題だった」

詳しく聞いてみると、音楽と言っているのは士郎が出されていた宿題と似ていることがわかった。けれど、月ごとに内容が変わるというのは仁子たちにはないことだった。

「幸太くんも同じ感じだって？」

方針が変わったということなら、同じ時期に施設にいた幸太もまた、真優と同じ内容の宿題をやらされている可能性が高い。千聖がそれを確かめようとすると、真優は首を横に振った。

「それがね、違うんだって。幸太は毎日ピアノの練習はさせられてたけど、宿題はなかったって言うんだよ。ずるいよね」

ずるい、というのが子供らしくて、つい笑ってしまう。真優にしたら、あれは宿題以外の何ものでもなかったのだろう。

「幸太くんはピアノの練習が宿題だったわけだ」

宿題、と聞いたからわかりづらかったけれど、毎日施設から出されていたという点で言えば、千聖の言う通りだ。

そこでまた、気がついた。毎日一種類のことをやらされていたのは【0】のグループに属している子供たちだ。【1】が真優のデータしかないので共通項としては弱いが、共通点には違いない。

麗に聞けたら、と一瞬考えたがそれはできない。背景が複雑なせいもあったが、Gリストの正体がわからないいまは、どう聞けばいいのかわからなかった。

そのあともしばらく、真優が幸太から聞いたという話を聞いた。

直接的にGリストに関係しそうな話はなかったが、有益な情報はいくつかあった。

父親が一緒に暮らしていた時は、玲奈がすでに食事を用意していても、父親の号令ひとつで外食に変更になることが多かったこと。いまはほとんど外食をしなくなり、牛肉が食べたいと言っても滅多に食べさせてもらえないこと。

これは、玲奈が経済的にあまり余裕がないことを想像させる他、父親が一家の中で一番の権力者であったことを彷彿とさせる。

真優の話を聞きながら、仁子は自分の中にある暗い水たまりをじっと覗き込んでいた。

真優を千聖が車で送っている間、仁子は幸太の父親について調べることにした。

士郎が皿を洗う水音をＢＧＭに、キーボードを叩く。

柳城幸雄は議員をしているだけあって、オープンになっている情報が多かった。個人サイトの他にＳＮＳもやっており、毎日の行動はとても追いやすい。いまは特に選挙期間中なこともあり、野外での演説も聞こうと思えば聞けるだろう。

表立って動いている人間の評判は、ネット上でもある程度集めることができる。

爽やかなイケメンで誰にでも親切、精力的に仕事に取り組んでいる、議員として働きながら育児にも積極的に参加しているイクメン。

幸雄の評判は良いものばかりが目についた。

調べている途中で、士郎が画面を覗き込み首を傾げる。

「これだけ見ると問題があるようには思えないな」

玲奈が幸太を連れて家を出るような理由が見当たらない。モラハラなんて本当にされていたのか、と思うのも無理はない。

「……見えるところは綺麗なんだよ」

仁子の声は自然と低くなる。

仁子の実父もそうだった。家での態度と外での態度がまるで違い、外面がとてもいいのだ。モラハラをする人の特徴なのか、仁子はひとりしかサンプルを知らないので言い切れはしないが、あまりの差にいつも驚いた。

当然、周りの人間には外面しか見せないので、モラハラは表面化しにくい。あんなにいい旦那さんなのに文句を言うなんて、と被害者である妻が追い詰められる状況になるのも、このせいだ。

玲奈もそうやって追い詰められたに違いない。

仁子だけは騙されてなるものか、と幸雄について深く調べていく。

妻子が家を出ていることを、幸雄は隠していなかった。むしろ、大々的に吹聴している。妻と育児方針が合わず話し合おうとしたが、妻はそれを放棄して自分がいない間に子供たちを連れ去った、と。

娘だけはどうにか取り返せたが、いまも息子は妻の元にいる。生活力がない妻だけに、それがとても心配だ。妻とわかり合えなかったことは自分にも非があり、妻たちが帰ってきたいというのなら、自分は受け入れる用意がある。こんな未熟な自分だけれど、同じような問題を抱えた父親、母親の力になれるよう毎日精進していく所存である。

幸雄が作り上げたハリボテの姿は、よくわかった。

これを信じるとしたら、被害者は幸雄になる。言葉ひとつでこんなにも見え方が違う。

だから一方通行で発信される情報は怖い。

「これが、この人の通話履歴」

仁子が調べた通話履歴には、同じ人物へ執拗（しつよう）に電話をかけていることが記録されている。ひとつは玲奈の番号で、一日に十回を超える日もある。これだけでも異常だが、もうひとつやけに多い番号は、とある団体のものだった。

「これがその団体」

『家族をこの手に取り戻そう』

サイトの中央に大きく書かれたスローガンが目につく。

「……どういう団体なんだ？」

スローガンさえなければ、どこかの政党のサイトのような印象を受ける。それもそのはずで、この団体の背後には有名な政治家が多くついているようだった。

「ここはＤＶ偽証を訴える父親の会のサイト」

「偽証……ってことは、被害者の会か」

「そう。本当に、DVが偽証ならだけど」

DVを受けたと訴え、妻が子供を連れて家を出ていった。けれどそれは妻による偽証である、と訴える父親たちが立ち上げた会だ。

幸雄はDVを訴えられているわけではないが、何年も前からこの会を支援していた。

この会の質（たち）が悪いところは、被害者という立場を利用して、善意の情報を多く集めようとしているところだ。人は、それも正義感の強い人ほど、こういった人たちに善意で加担しやすい。

仁子は、SNSでこの会に怯（おび）える高校生の投稿を見つけた。

父親が被害者のふりをして自分を探している。ようやく母親と共に逃げてきたのに、見つかったらまた暴力を振るわれる。それなのに、政治家たちが一緒になって住民票の開示請求を通そうとしているといった内容だった。

仁子には父親と娘のどちらの主張が正しいのかはわからない。けれど、娘が正しいのだとしたら、この団体は被害者どころか加害者の集まりの可能性すら出てくる。

幸雄のことがあるだけに、すでに公平な目で見ている自信はなかった。

「幸雄さんはこの団体に、妻子を探す協力依頼をしてるみたい」

「そんなことまでする団体なのか」

「うん。これが会員限定サイトの中身。この掲示板を見て」

そこには、全国の父親たちが情報交換をしている様が赤裸々に記されていた。通信内容が暗号化されたページだからと安心しているのか、写真や住所など、個人情報がずらりと並んでいる。お互いに慰め合っている会話は被害者のものだと思って見れば美しい友情のようだが、加害者のものだとすると吐き気を覚えるほどおぞましい。

「これだけ盛んだと、幸太が見つかるのも時間の問題に思えるな」

「もう、見つかってるのかもしれない」

書き込みのひとつに、幸太と同じ小学校に通っている子供がいるから、聞いてみるというものがあった。それを見て士郎が眉根を寄せる。

「急いだほうが良さそうだな」

言ってから、士郎が背後を振り返った。何かと思っていると、住居用の玄関の鍵を開ける音がして千聖が帰ってきた。

「ただいま〜って、ふたりとも顔が怖い怖い。お兄ちゃんの帰宅なんだからスマイルかハグで出迎えてよ」

ほらほら、と両手を広げて士郎に抱きついていく千聖を、士郎は迷惑そうな顔で押しやっている。その平和なやりとりに、仁子のささくれていた心が少しだけ丸くなる。

「ちーちゃん、おかえりなさい。真優くんはどうだった?」

「無事送り届けてきたよ。今日もおうちの人には会えなかったけどね」

時刻は夜の九時を回っている。真優の家についたのが八時台だとしても、小学四年生ならそろそろ寝てもいい時間だ。その時間になっても両親のどちらも家にいないということに、仁子は寂しさを感じてしまう。それとも、共働きの家ならば当たり前なのだろうか。

「で？　ふたりが怖い顔をしてた理由はそれ？」

コートを脱ぎながら、千聖がノートパソコンの画面を覗き込む。

「ふうん、なるほどねえ。幸太くんのパパは立派な人なわけだ」

皮肉なのか本当にそう思っているのか、千聖の柔らかな口調からは計り知れない。それがもどかしくて、仁子は前のめりになった。

「ちーちゃん、私は幸太くんと玲奈さんの力になりたい」

父親から、救い出したい。それが正しいことだと思うから。

仁子の訴えを、千聖は静かに聞いてくれた。聞き終えてから、ぽんぽんと頭に手を置かれる。ちょっと落ち着いてというように。

「仁子の言い分はわかった。こういうネットからの情報に周りの人が騙されていて、玲奈さんたちが加害者にされてるのが許せないってことでしょう？」

大きく頷くと、でもねと微笑まれる。

「いまの僕たちも、片方の情報しか見てないのと同じじゃないかな？　先に幸太くんや玲奈さんを知ったからっていうのもある。どちらが加害者でどちらが被害者かは、フェアな立場で見ないとわからないよ」

正義というのは、そうと望むように見えてしまうものだ、と。

千聖の言うこともわかる。仁子が幸太に肩入れしてしまうのは、自分の過去があるせいだ。それはフェアじゃない。

それなら、と仁子は千聖の目をまっすぐに見つめた。

「玲奈さんと幸雄さん、両方の真実を知りたい」

その上で、正義があると信じるほうを救いたい。

なんのために幸太を調べることになったのか、忘れたわけではなかった。けれど、知ってしまった悪事を見なかったことにするには、深入りしすぎている。

「士郎は？」

三朝三兄妹の基本は多数決。票を取るように千聖は士郎にも話を向ける。

「仁子に賛成する」

「オッケー。じゃあ、二票入ったから仁子の希望通りにいこう」

まずは玲奈と幸太の現状を、そして幸雄ともうひとりの子供である未依の暮らしぶりを調べることで意見はまとまった。

真優の協力も得られることから、玲奈たちのほうはスムーズにことが運びそうだ。

明日から早速動くことになり、仁子は筋肉痛を少しでも回復すべく、早めにベッドに入った。暗い天井を見上げてから、ふと思う。

二票が仁子と士郎のものだとしたら、千聖は一体、何に一票を投じるつもりだったのだろう。

翌日の日曜日は、仁子は小道具の制作に明け暮れていた。

公園遊びでの筋肉痛は、すっかりよくなっている。それが若さだと千聖にやたらと感心されたけれど、同じだけ遊んでいたのに筋肉痛になっていない千聖のほうがよほどすごいと思う。仁子もそれくらいの筋力が欲しいものだ。

玲奈たちの暮らしぶりは幸太から直接聞くという手もあったが、あまり子供にさせたくない話でもある。特に両親の仲についてなど、話したい子供はあまりいないだろう。

そこで小道具の登場だ。

暮らしぶりを知るには、家の中の様子を見るのが一番早い。玲奈には申し訳ないが、少しだけ覗かせてもらうためにカメラを仕込んだミニカーを作り上げた。これを真優経由で幸太に渡してもらい、内情を探る。

子供をオモチャで釣る形になるので、罪悪感はある。それを埋めるためではないが、情報を得たあとはミニカーを回収し、見た目はまったく同じ、カメラ機能のないミニカーを本当にプレゼントすることにした。

自己満足だなとは思ったが、千聖も士郎もわかってくれた。

幸雄のほうには遠慮はいらないと思い、ドローンを用意した。家の中までは調べられないが、ドローンなら幸雄の行動を追うことができる。未依をスグリの森に入れたがっているということだから、そちらも調べる必要があるだろう。

仁子が小道具を作る間、千聖は真優と一緒に幸太のところに行っていた。昨日のうちに遊ぶ約束をしていたらしい。距離を縮めておいてもらうとミニカーも渡しやすいので助かる。

士郎はというと、今日も店に立っている。日曜日はお客さんも多いので、本当なら仁子も手伝ったほうがいいのだろうが、大丈夫だと言われて引っ込んでいた。

二階の仁子の部屋にも、一階から珈琲(コーヒー)のいい香りが漂ってきている。ドライバーを手に作業をしながら、この雰囲気は久しぶりだなと思う。

父と士郎が喫茶店に立っている間、仁子は二階の自室でパソコンをいじっていることが多かった。そういう時はいつも珈琲の香りがしていて、仁子が少し疲れたなと思うタイミングで、父におやつだよと呼ばれた。

仁子は喫茶店のカウンターテーブルに座っておやつを食べるのが好きだった。父の作り上げた店ではいつでも時間がゆっくりと流れていて、訪れるお客さんたちもリラックスしている。それを見るのが嬉しかった。

あんな日々がまた、帰ってくることはあるのだろうか。

小さなネジをはめようとしていた手を見下ろす。人の生活を覗き見るような機械を作っていることを、父は、母は、どう思うだろう。悲しむだろうか。

でも、と仁子は唇を引き結ぶ。家族を取り戻すためなら、手段を選んではいられない。もしかしたら父も同じだったのではないだろうか。母の事故について、父はどこまで探り当てていたのだろう。再会できたら話したいことが山ほどあった。

月曜日の放課後が訪れ、仁子は終業のチャイムが鳴るのをいまかいまかと待っていた。千聖と真優はすでに幸太と接触しているはずだ。仁子は学校があるため、士郎と共にあとから合流することになっている。

千聖と真優が玲奈班、仁子と士郎が幸雄班と分担して作業する予定だ。幸雄のほうはいままさに、車を士郎が追尾している。追尾といっても士郎が直接動いているのではなく、昨日仁子が用意しておいたドローンを使っている。先ほどスマホでチェックしたが、映像は鮮明で問題なさそうだった。

いまも映像をチェックしたかったが、まだホームルーム中なのでぐっと我慢している。担任に咎められてスマホを没収されでもしたら目も当てられない。

急く気持ちで時計の秒針を見つめ続け、ようやくチャイムが鳴った。気持ち的には号令が終わると同時に飛び出したかったけれど、目立つ行動は避けたい。それでなくとも、受験シーズン真っ只中にすでに一抜けしている仁子は、クラスで少し浮いている。被害妄想かもしれないが、空気のような存在のまま卒業式を迎えたかった。

表面上は何も急いでいないようなそぶりで立ち上がったのがいけなかったのか、「ねえ」と声がかかる。仁子に声をかける相手など、ひとりしかいない。

「今日、暇?」

麗は自分のカバンを仁子の机の上に置いた。そのカバンには、エジプトのバステト神をモチーフにしたキーホルダーがついている。中学生の頃、仁子が誕生日にあげたものだ。

どことなく麗に似ているからという理由で選んだのだが、麗はずっと使ってくれていた。エジプトらしいデザインの首輪は、夜になると光る素材でできている。暗くても見つけやすいと喜んでいた。

「……ごめん、今日は」

語尾を濁す仁子に、麗は少し眉毛を持ち上げたものの、問いただそうとはしない。仁子は嘘が下手なので、言えないようなことは口にできないのだと長い付き合いでわかっているのだ。

「わかった。また今度誘う」

「何か大事な用事だった？」

「ううん。久しぶりに仁子のところでケーキでも食べようかなって思っただけ」

麗には、父が失踪してしまったことだけは話してあった。それもあってか、受験勉強の合間を縫っても仁子に時間を割こうとしてくれる。

「ごめんね」

「いいよ。受験勉強しないとだしね。お兄さんふたりは元気？」

「うん。ふたりとも元気」

「下のお兄さんはやっぱり喫茶店継ぐの？」

なぜか、麗は兄ふたりのことを名前で呼ばずに『上のお兄さん』『下のお兄さん』と呼ぶ。名前で呼ぶほど親しくないからと言っていたけれど、家では麗はファーストネームで呼ばれているから、その温度差がなんだかおかしかった。

「しろちゃんはその気だと思う」

ふうん、と麗は吐息のような返事をしたあと、何かを呟く。え？　と聞き返したけれど、なんでもないと流されてしまった。

「用事あるんでしょ？　引き止めてごめんね。また明日」

追い立てられるようにして、仁子は教室を出る。麗の素っ気なさが少し気になった。サバサバしているから、いつも通りと言えばいつも通りなのだけれど、小さな呟きが喉に刺さった小骨のように引っかかる。

——もったいない。

そう言ったように聞こえたけれど、聞き間違いだったのだろうか。

仁子が学校の門を出るとすぐに、車のクラクションが聞こえた。辺りを見回すと、角に小さな赤い車が止まっている。赤いボンネットに黒い二本のラインが入った可愛らしいミニクーパー、千聖の愛車だ。

駆け寄ると手振りで乗ってと言われたので、助手席に乗り込んだ。

「ちーちゃん、もう終わったの？」

後ろの座席では、マメが寝そべってくつろいでいる。真優の姿はない。

「世界一優秀な妹が仕込みを終わらせておいてくれたからね」

相変わらずの兄馬鹿ぶりに、マメが呆れたようにあくびをした。

「真優くんはまだ幸太と遊んでるよ。玲奈さんが帰ってくるまで付き合うつもりみたい。ひとりで帰れるって言うから、僕はこうして仁子をピックアップしに来た」

「真優くん……反対してなかった？」

黙って頼むこともできたはできたが、友達にカメラがついているミニカーを渡す真優の気持ちを考えると、正直に打ち明けて協力を依頼しようと三朝三兄妹の意見は一致した。

「してなかったよ。早く解決するのが一番だって考えみたいだね。回収後に交換する時は、もっとスピードが出るようにしてほしいって言ってた」

カメラがついているミニカーは、コントローラーとセットで遊べるようになっている。セットのコントローラーでも操作できるが、仁子のスマホでリモート操作できるように調整してあった。

「渡すところも見てたけど、真優くんはやっぱり賢いね。幸太くんに貸してあげてた」

ああ、と思わず唸る。

幸太の家にミニカーを持ち込ませるためには、プレゼントするしかないと思い込んでいた。しかし誕生日でもないのにプレゼントをあげるのは不自然だし、知り合って間もない真優からあげても断られる可能性が高い。

そこで仁子が捻り出した理由が、すでに持っているオモチャが懸賞で当たってしまったのでもらってほしい、というものだった。これもかなり苦しいが、あげても押し付けがましくないという意味ではいい考えだと思っていた。それを、真優はあっさりと超えていく。貸すのなら回収時も返してもらえばいいだけだし、家の中には幸太が自分で持ち込んでくれる。

「おかげですんなり家の中に入れてもらえたよ」

先ほどすでに幸太の家にミニカーが持ち込まれたというので、仁子もスマホの専用アプリをチェックしてみた。すぐにカメラの映像が繋がり、マンションの壁らしきものが確認できた。調子はいいようだ。

「ちょうど遊んでるっぽいねえ」

千聖も、自分のスマホでカメラ映像をチェックしている。今回は別行動を取ることも出てくるので、三人のスマホそれぞれにアプリを入れてあった。

「おお……うん、ちょっと酔うね、これ」

アプリから子供の笑う声が流れてくる。どうやら、真優と幸太は家の中でミニカーを走らせて遊んでいるらしい。まるで自分が小さくなって部屋中をドライブしているような映像が流れていた。

千聖にはこの映像はきつかったらしい。早々にスマホをしまっている。

「士郎のほうも順調だって言ってたよ。そっちのほうがもっと酔うから、カメラのチェックはしてないけど」

言いながら千聖はエンジンをつけ、滑らかに愛車を発進させた。

家に帰り着くと、喫茶店のドアにはすでにクローズの札がかけられていた。

喫茶モーニングに定休日はないが、もともとオーナーである父の気まぐれでお休みにしたり早く閉めることがあった。常連のお客さんには、父がいなくなってからも同じスタイルで営業していると思われていることだろう。

住居用の玄関から入って喫茶ルームに行くと、士郎が真剣な顔でコントローラーを握っていた。その視線は立てかけた電子パッドの画面に向けられている。

「その様子だと墜落せずに遊覧飛行を続けてるようだね」

「墜落してたまるか」

返事をしながらも、士郎の視線は画面から離れない。

今回用意したドローンは手のひら半分ほどのサイズで、コントロールも比較的簡単なものだ。けれど、小さいからこそ、何かにぶつかると簡単に墜落してしまう。墜落すれば、幸雄に怪しまれかねないので、細心の注意を払っているのだろう。

「まだ事務所から動かない？」

「見ての通りだ」

ドローンのカメラは、ビルの窓を映している。室内には数人の人がおり、窓を背にした席についているのが幸雄のようだった。

「もうちょっとしたら動くでしょ」

調べた幸雄のスケジュールでは、夕方から街頭演説の応援に向かうことになっている。帰宅ラッシュの時間に行う予定なので、車で移動するにしてもそろそろ出るはずだ。

仁子のスマホから、五時のチャイムの音が流れる。真優の操作するミニカーのカメラと繋げたアプリを起動したままだったので、そこから聞こえているようだった。そちらをチェックすると、玲奈はまだ帰ってきていない。

「お、出かけるみたいだ。士郎、がんばって」

酔う、と言っていた千聖は、ドローンのカメラが動くとみるとすぐに席を外してカウンター内に入っていった。目頭を押さえているのが見えて、心配になり仁子もカウンターへと近寄る。

「ちーちゃん?」

カウンター内を覗き込むと、千聖は目薬をさしていた。「んー?」とまったりした返事があり、その緊張感のなさに胸を撫で下ろす。

千聖は人より見えるものが多いから、画面情報の多いものを見るとダイレクトに目に疲れが出てしまう。特に、人が映っているものはひどい。

ドローンのカメラは一室内を映していただけだったが、それでも仁子が捉えた情報よりはるかに多くのことを千聖は受け取っているのだろう。

「大丈夫?」と聞こうとして、やめた。大丈夫かと聞かれると、大丈夫だと答えてしまう人が多いらしい。こういう時に適した質問を麗に教えてもらってから、仁子はそちらで聞くようにしている。

「何か困ったことはない？」

人は、あなたは困った状態にあるか、と聞かれると、自分の状況を打ち明けやすいものらしい。小さな違いだが、聞き方ひとつで相手の負担を減らすことができるなら、それに越したことはない。

千聖は少し笑って、首を横に振った。

「困ってはないよ。ちょっと食あたりを起こしたようなもんかな」

千聖がもう一度目薬をさしたので、意味がわかった。見えたものに、食あたりを起こしたのだ。

「そんなにひどかった……？」

千聖は、人を見るとその人の性格や顔によって色が見える体質をしている。その色は千差万別らしいが、たまに千聖の美的感覚に反する色にぶつかるとくらくらするらしい。

千聖はうーんと唸りながら目頭を揉（も）んでいる。

「少なくとも僕の好みではなかったね」

事務所の中の誰の色が、とは言わなかったけれど、おそらく幸雄のことだろう。

仁子の中にある正義の天秤（てんびん）が、有罪のほうに傾いた。それがわかったみたいに、千聖は手を伸ばして仁子の頭をくしゃりと撫でる。

「結論は調べ終わらないと出せないよ」

「わかってる……」

「わかってるなら、オッケー。五時過ぎには玲奈さんが帰ってくるって言ってたから、そっちのチェックに戻ろう」

柱時計をふり仰ぐと、五時を十分ほど過ぎていた。

玲奈は新しい職場で時短勤務をしていた。小学四年生の息子を、夜にひとりにしないために。

士郎の操作するドローンのカメラ映像には、マイクを手に爽やかな笑顔を浮かべる幸雄の姿が映っている。区民の皆様、と呼びかける様子は、何も知らなければ好感の持てる誠実さが溢(あふ)れている。

けれどそこに、家族のために早く帰ろうと考える父親の姿は一ミリも見られない。いま、二歳の娘はどうしているのだろう。区民に向けられる誠実さは、果たして娘や息子、妻にも向けられているのだろうか。

幸雄を凝視する仁子の横顔を、千聖が見つめていることに仁子は気づいていなかった。

ほどなくして玲奈が帰宅したので、幸雄のことは士郎に任せ、仁子と千聖はミニカーのカメラに意識を切り替えた。

真優はまだ幸太といて、玲奈を一緒に出迎えている。

『お邪魔してます』

『ああ、真優くん、だよね。いらっしゃい』

『お母さん、今日、真優も一緒にご飯食べていいよね？』

『うちはいいけど、真優くん、お母さんはなんて言ってた？』

どうやら、真優は今晩はこちらに夕食を食べに来ないらしい。

仁子と一緒にスマホを覗き込んでいたマメは、つまらなそうに鼻を鳴らした。

玲奈は幸太が楽しそうにしているのが嬉しいようで、真優を歓迎してくれた。こんな出会い方でなければ、と思わずにはいられないけれど、Gリストがなければふたりが出会いもしなかったことを思えば、きっかけなど些細なことなのかもしれない。

玲奈が夕食の支度をする間、真優と幸太はミニカーで遊んでいた。真優が誘ったのだが、仁子たちがこの時間にこちらの映像をチェックしていると踏んでのことだろう。カメラは丁寧にマンションの各部屋を通って周っていた。

引っ越しから一ヶ月は経っているはずだが、マンションの中にはまだそこここに段ボールが積まれていた。

「真優くん、仕事のできる子だねえ。運転も上手くなってる」

ゆっくり操作しているのか、カメラの動きは安定していてとても見やすい。おかげで千聖も酔わずに見られているようだ。

『さあ、できた。いただきましょう』

『はーい』

良い子の返事と同時に、カメラが持ち上げられて位置が上がった。真優が、仁子たちに玲奈と幸太の顔、テーブルの上の様子が見えるようにと持ち上げたのだろう。

『あら、真優くん。ご飯の時はオモチャを片付けなきゃ』

『でも友達にも見せたいんだ』

真優の発言にドキリとする。真優が賢いからと、カメラについては内緒だよなどと注意するようなことはしていない。しかしいくら賢いとはいえまだ子供だ。良かれと思って、うっかり言ってしまうことは十分にあり得た。

隣にいる千聖も、あちゃーと苦笑いをしている。

『友達って……ああ、そのミニカーは友達なのね。友達なら仕方ないわね』

真優がもともとその気だったのかはわからないけれど、玲奈の勘違いに救われた。オンライン監視も楽じゃない。

承諾を得たミニカーは特等席を作ってもらったらしく、食卓全体が見渡せる角度でカメラが固定された。非常に見やすくて有難い。

小さいローテーブルの上には、土鍋と小皿が置かれていた。その蓋を、玲奈が鍋つかみで開ける。ふわ、と湯気がカメラにかかり、一瞬何も見えなくなる。

『わあ、美味しそう！　お鍋だ！』

『たくさん食べてね。お豆腐だったらたっくさんあるから』

『やったー！　ぼくお豆腐大好き！』

『真優も好きなの？　みーも大好きなんだよ』

カメラの曇りが晴れた時、映り込んだのは寂しげな笑みを浮かべた玲奈の顔だった。

『ねえお母さん。みーもお豆腐たくさん食べてるかな？』

『うん。きっとお腹いっぱい食べてるわ』

『よかったー。みー、元気かなあ』

『……お父さんが一緒だから大丈夫よ』

仁子たちがカメラを覗いている間、玲奈は決して父親を悪く言わなかった。それは幸雄に対する気遣いというより、幸太への影響を考えてのようだった。

けれど、またみんな一緒に暮らしたいね、というみんなの中に幸雄が含まれていないであろうことは、言及せずとも感じ取れる。何より、幸太はそれを望んでいない。

夕食を終えると真優が帰り、ミニカーだけが家の中に残された。幸太はそのミニカーを丁寧に扱って遊んでいる。

『幸太、お風呂沸いたから入っちゃって』

『あとでー』

『だめよ。沸いたらすぐ入らなきゃ』

ごく普通の親子の会話の端々にも、仁子はうっすらと影を感じていた。

やはり玲奈は、経済的にあまり余裕がないのではないか。

夕食の鍋も白菜と豆腐がほとんどで、肉が少ないように見えた。玲奈自身はその肉をひと口も食べず、幸太と真優に分けていた。その様子に、仁子の実母の姿が重なる。玲奈はスグリの森を退職したあと専業主婦として家に入っていたが、いまの家に引っ越してから新しい職場についていた。その仕事は時短勤務では高い給料を見込めない。引っ越しを二回したとなるとそれなりに出費もあっただろう。

別居状態の幸雄から経済的支援があるはずもない。むしろ、共に暮らしていた時も財布の紐(ひも)は幸雄が握っていたのではないだろうか。

夜の八時になると、玲奈たちは早々に床についた。部屋の明かりが消え、カメラの画面も暗闇に包まれる。暗視モードを搭載してはあったが、これ以上生活を覗き見る必要もないだろう。十分に、わかることはあった。

千聖の同意も取ってから、仁子はミニカーのカメラの電源を落とした。

仁子たちが作業を終えて士郎のほうへ戻ると、士郎はまだコントローラーを手にしていた。カメラの画面には、移動している車が映っている。

「パパのほうはまだお仕事か」

千聖が士郎の座るソファの隣に腰を下ろした。仁子も士郎を挟む形で反対側に座る。三人並んでもまだ余裕のある大きなソファの隙間を埋めるように、マメも乗り上げてきた。子供くらいならもうひとりは座れそうだが、さすがに少しぎゅうぎゅう詰めだ。

「予定ではこのあとに会食が入ってる」

「忙しいねえ。というか、未依ちゃんはどうしてるのかな」

もう夜も八時を過ぎている。保育園に入れているにしても、お迎えには遅い気がした。

「……スグリの森に入れたがってるって」

「言ってたねえ。もう入れたあとだったりして」

「そうでないことを祈るしかない」

「会食になっちゃったら部屋の中までは追えないし、一度自宅のほうに戻れたりする？」

「そうしようと思っていたところだ」

ドローンの画面が大きく旋回し、動き出す。夜間モードにしてあるので、夜になっても視界は良好だった。そっと千聖のほうを確認すると、わずかに視線を逸(そ)らして、あまり画面を注視しないようにしている。目が良すぎるというのも大変そうだ。そういう仁子も、画面に車のナンバーでも映ろうものなら片っ端から覚えてしまうので、意識して遠くの景色を見るようにしていた。

「……家の明かりがついてるな」

幸雄の家は、都内にある一軒家だった。玲奈と幸太が出ていってからは幸雄と未依だけが住んでいるはずだが、幸雄が不在のいまも一階の電気が煌々(こうこう)と灯(とも)っている。

「ベビーシッターを雇ってる、とか？」

「記録には残ってなかったけど……」

当たり前のようにハッキングで情報を得ている自分には呆れるが、幸雄の通話記録、通信記録、メールなどは玲奈が出ていく一ヶ月ほど前から現在までさらってある。その中に、ベビーシッターや家事代行といったサービス利用の記録はなかった。

未依は生まれてから二歳のいまに至るまで、玲奈がいる間は自宅保育をしていたようで、保育園に通っている記録はなかった。区の認可保育園に入れる場合は区の記録に残っているだろうから、もし保育園に入れていたとしたら民営のところなのだろう。民営の記録までは仁子も追えていなかった。

「少し、近寄ってみるか」

ドローンが家の庭まで侵入する。窓のシャッターは閉まっていなかったが、カーテンがかかっているので中までは確認できなかった。

「士郎、何か聞こえる？」

「……いや。ドローンの羽音が邪魔して、室内の音までは拾えない。赤ん坊が泣けばわかるかもしれないが」

しかし未依は寝たあとなのか、士郎の耳が赤ん坊の声を拾うことはなかった。それはそのはずだ、室内に未依はまだいなかったのだから。

玄関の音に気づいた士郎が、ドローンを操作して家から出てくる初老の女性を捉えた。

「鍵持ってるってことは泥棒じゃあないよね」

「この人はたぶん、幸雄さんのお母さんだと思う。ＳＮＳに一緒に写ってる写真があったから」

幸雄は育児に積極的な姿を見せる他に、高齢者支援にも力を入れている、と主張している。その際にいつも登場するのが、この母親だ。

「写真で見るのと印象が違うけど」

仁子が出した写真とカメラに映っている人物を見比べ、士郎は軽く眉間にしわを寄せた。SNSではいつもどちらかというと地味で質素な服装をし、化粧もあまりしていないが、カメラ越しに見る姿は髪のセットも化粧もばっちりと決め、服装も年齢にしては若い印象のものだった。

「同じ人だね、うん」

千聖にはどう見えているのか、さしたる違和感もなさそうに頷く。

「幸雄さんはお母さんにヘルプに来てもらって、未依ちゃんの面倒を見てもらってるってことかな？」

「それなら、その未依はどこにいるんだ」

「あれ、そうだよねぇ」

ドローンは幸雄の母親を追っていく。電車で移動されたら追い切れないところだったが、幸い、タクシーを使ってくれたので難なく追尾ができた。

タクシーが進むにつれ、その景色に見覚えが出てくる。千聖も士郎もたぶん、仁子と同じことを想像しているのだろう。

「……やっぱりここかぁ」

溜息にも近い千聖の声に、仁子も吐息をつく。

タクシーが入っていった施設の看板には、【スグリの森】と書かれていた。

確か、施設内には防犯カメラが複数設置されていたはずだ。それにドローンが映るとあとあと問題になりかねない。士郎にそれを言う前に、ドローンが高度を上げる。規制に引っかかる百五十メートルまではだいぶあるが、防犯カメラに捕まることはない高さまで。

「仁子、このカメラはズームできるか？」

「うん。こっちのアプリのほうでできる」

念のために高性能なカメラを積んでおいてよかった。仁子はアプリを操作し、カメラ映像を拡大表示する。多少画素は荒くなるが、幸雄の母親を見失うほどではない。

タクシーは施設の車寄せに停まった。幸雄の母親を降ろしたあとも発進する気配がないところを見ると、用事はすぐ終わるとみて間違いないだろう。

予想通り、幸雄の母親はすぐに施設を出てきた。横に、小さな女の子を連れている。その後ろには職員らしき女性が続いた。

「……いたね、未依ちゃん」

未依はしきりに目をこすっている。もう夜の九時だ。寝ていたところを起こされたのかもしれない。手を繋がれてはいるけれど、どうにかして手を引き抜こうとしていた。あまり懐いているようには見えない。

『この子、入れそうですか？』

幸雄の母親の声を、ドローンがかろうじて拾う。職員の声までは拾えなかったので、幸雄の母親は地声が大きいのだろう。ドローンのマイク感度を最高値まで上げると、幸雄の母親だけでなく、未依の声も拾うことができた。

『まあ、そんなにかかるの。早くしてもらいたいわあ。ほら、この子の母親が育児放棄したから大変なのよ。私も暇じゃないのに息子に泣きつかれて仕方なく、ねえ』

聞こえてきた会話に、仁子は顔をしかめる。子供に聞かせる話じゃない。

『みー、おかあたんとおにいたんにあいたい』

ぐずるように未依が言う。舌足らずな口調は幼く、一生懸命訴える様子に胸が痛んだ。

『ダメよ。言ったでしょう？　お母さんはあなたを置いて逃げちゃったの。早く忘れなさい』

『いや！　みー、おかあたんとおにいたんのとこいく！』

『暴れないで！　もう、玲奈さんが甘やかすからほんとわがままになっちゃって』

やだやだと座り込んだ未依を前に、幸雄の母親は玲奈の悪口を繰り返す。見かねた職員が間に入り、未依をどうにか宥めて抱き上げた。

『幸雄も早く諦めてほしいものだわ。連れ戻したってなんの役にも立ちはしないのに。男はダメね。面目ばっかり保とうとするんだから』

連れ戻す、という発言にぞわりと鳥肌が立つ。

玲奈と幸太の住むマンションにあった、解かれないままの段ボール。仕事が忙しくて荷ほどきをする暇がないのかと思ったが、違う。住んでいる場所が幸雄に見つかり、すぐに逃げなければならない可能性があるから、そのままにしているのだ。

ぐずる未依を無理やりタクシーに乗せ、幸雄の母親は施設をあとにした。ドローンは施設のエントランスを向いたまま動かない。これ以上追う必要はない。士郎も仁子と同じ考えのようだ。

「ちーちゃん、しろちゃん」

仁子は改めてふたりに向き直る。

どちらに正義があるのか、はっきりした。

早く動かなければ、手遅れになりかねない。玲奈と幸太のことも心配だが、未依はもっと深刻だ。

いま未依の面倒を見ているのは、幸雄の母親だと判明した。その彼女によって、未依はおそらく毎日母親の悪口を聞かされている。それは、精神的虐待に他ならない。

スグリの森に入れる意志も確認できたが、本人が『娘を取り戻した』と語るほど幸雄が未依の面倒を見ていないこともわかった。

「私は、幸太くんと未依ちゃん、玲奈さんを助けたい。三人で安心して暮らせるようにしてあげたい。私が口を出すことじゃないことも、私の自己満足だってこともわかってる。それでも」

最後まで言い終える前に、士郎が手を上げた。

「仁子に一票だ」

続いて、千聖も。

「同じく、一票。さあ、三票揃ったところで再び怪盗参上と行こうか」

三つの手のひらが重ねられる。そこに「わふ!」と四本目の脚が加わった。

「お、マメも賛成? それじゃあ、マメにも協力してもらおうか」

「何をどう協力させる気だ」

「癒しのマスコット的な。あ、それはもう僕がいるから必要ないってこと? さすが士郎、わかってる~」

「誰もそんなことは言ってない」

千聖と士郎の軽口で、強張っていた仁子の口元に笑みが浮かぶ。家族がいれば、今度もきっと乗り越えられる。

そうと決まれば作戦を練る必要がある。すでに頭の中にはある程度の構想ができていた。それを兄ふたりに相談して、穴を埋めていきたい。

ひとまずドローンは戻しておこうとコントローラーに手を伸ばした時、カメラが捉えた人影に目が惹きつけられた。

「……麗?」

スグリの森のエントランスに入っていった、華奢な少女。長い黒髪が風に揺れていた。その後ろ姿は麗によく似ていた。

見間違いだと思った。養親の元で幸せに暮らしているはずの麗が、あそこにいるはずがない。麗がスグリの森の出身だとしても、一度施設を卒業した子供が再び施設に行く用事なんて、仁子には思いつかない。

けれど、少女が手にしていたカバンでは、小さなリング型の何かが光っていた。それは、麗のカバンについているバステト神の首輪に思えて仕方なかった。

夜、仁子はベッドに入ってもなかなか寝付けないでいた。

麗らしき人の姿を見たことが気になっているのもあったが、幸太たちを救う作戦を考えるとどうしても自分の過去を思い出してしまうからだ。

きつく目を閉じても、過去の亡霊が仁子の背後に立っている気配がした。

仁子の実の父親、志堂寺輔（しどうじたすく）は、小さな会社の二代目だった。家族経営の会社で、社長が祖父、副社長が祖母、輔は専務で、事務作業はすべて妻、仁子の実母である梨子（りこ）が担っていた。

本当に幼い頃は、実父の実母への態度をおかしいと思ったことはなかった。それが、父親というものだと思っていたから。

溜息と舌打ちが得意で、自分の機嫌は妻が取るのが当たり前。自分が稼いだお金は一銭たりとて無駄遣いが許せず、妻の給料は夫の自分に使う権利があると主張する。実父はそんな人だった。

その実父は、機嫌がいい時だけ仁子をかまった。オモチャを買ってくれることもあったが、恩着せがましく「買ってやった」と何度も言うので、次第にねだらなくなった。

実母はそんな父に従い、文句を言うことはなかった。仁子にはお菓子や洋服を周りの子のように買ってあげられなくてごめんね、とことあるごとに謝った。仁子はその度に、そんなものがなくても実母がいれば大丈夫だと言った。本当は、仕事になんてせずにもっとかまってほしかったのだが、実母の疲れた顔を見るとそこまでは言えなかった。

実父に対して反発を覚え始めたのは、自己主張を言葉でできるようになってきた五歳頃からだろうか。その頃から、実父は仁子に「母親の教育が悪い」と零すようになった。自分に従わない子供は、当然のように可愛がらない。

そんなある冬の日に、悲劇は起こった。

その日はとても寒くて、靴下を履いていても足の指が冷たかったのを覚えている。

実母は風邪をひいて仕事を休んでいた。仁子は自宅保育をされていたので、そんな母親の側にいた。あまりに実母が寒そうなので、仁子は暖房をつけようとした。それを、実父は許さなかった。

「仕事をサボって寝てる奴に暖房なんてもったいない。俺が住まわせてやってるこの家の屋根と壁があるんだから、それで十分だ」

仁子には実父が何を言っているのかよくわからなかった。ぽかんと見上げている仁子に舌打ちをし、実父は部屋を出ていった。暖房のリモコンを持ったまま。

せめて実母をあたためようと一緒の布団に入ると、実母は「仁子はいいこね。いつもニコニコしてて、本当にいい子」と抱きしめてくれた。実母の身体はとてもあたたかく、耳を当てた胸からはゼイゼイと喘鳴が聞こえていた。

三日後、実母は帰らぬ人となった。肺炎だった。早く医者に診せ、入院していれば助かったかもしれない。

実母を亡くしてから、仁子は冬がとても苦手になった。

お葬式の日、「タダでこき使える女房がいなくなるときつい。食い扶持ばっかりかかる奴は早めになんとかしないと」と実父と祖父が話しているのを聞いた。

のちほどそれが、自分を施設に入れる相談だったのだと理解した時には、実父と離れられればどこだろうとかまわないと思うほどに実父を嫌悪していた。

ああいう人を、仁子は許さない。

仁子の正義が歪んでいるとしたら、それは実父のせいだ。

夜更けになっても過去の亡霊に付き纏われ鬱々としていたが、久しぶりに実母の夢を見ることができた。夢の中で、実母と養母のふたりは花畑にいた。とてもきれいなところで、仁子もそこに行きたいと思うのに、目の前に川が流れていて渡れない。ふたりは仁子に気づいて手を振ってくれていた。どちらも、穏やかな顔をしていた。

どうにかしてそちら側に行けないかと橋を探していると、父、養親のほうの父が小舟に乗って川を渡ろうとしているのが見える。一緒に乗せてほしいと大きな声で父を呼んだけれど、父は笑顔で手を振るだけで船に乗せてはくれなかった。

「仁子。仁子、朝だよ」

優しい声とカーテンを開ける音がし、閉じたまぶたの向こう側が眩しくなる。まだ微睡んでいたい気持ちはあったけれど、仁子はどうにか目を開けた。

ぼんやりとした頭のまま光のほうを見る。窓の向こうを見上げている背中に、ハッとした。

「お父さん……？」

「うん？　さてはまだ寝ぼけてるね」

振り返った千聖が、仁子を見て笑う。

「……ちーちゃん。おはよう」

何かいい夢を見ていた気がするけれど、どんな夢だったのか思い出せない。夢はいつもそうだ。ふんわりとした余韻だけを残していく。

「おはよう。動けるようになったら下においで。今朝はフレンチトーストだって」

仁子は低血圧で朝はどうも弱い。千聖もそれを知っているので、急かしはしない。いつもなら起きたあとも十五分はベッドでぼんやりとしているのだが、今日はその十五分も惜しい。無理やり頭を動かすように頭を振って、ベッドを抜け出した。

「仁子？　そんなに急がなくてもフレンチトーストは逃げたりしないよ？」

妹の急ぎ具合に笑いながらも、千聖はさりげなく近くに立つ。たぶん、仁子が寝ぼけて転んだ時にフォローできるようにだろう。前科があるからこそわかる気遣いに、心の中で感謝する。

「ちーちゃん。私、今日は学校を休む」

驚いた顔をしているところに重ねる。

「理由は朝ご飯を食べながら説明する。しろちゃんにも今日は喫茶店をお休みにしてもらいたいって言うつもり」

千聖がしばらく休みなのは、先に確認を取ってあった。急な出張の埋め合わせということらしい。

「その顔は何を言っても聞かない顔だね。オーケー。話を聞こうか」

その前に顔を洗っておいでと促され、洗面所に向かう。向き合った鏡の中には、盛大な寝癖をつけた自分が立っていた。

髪が長いと寝癖などつかないと思われがちだが、そんなことはない。髪が長かろうとストレートだろうと寝方が悪ければ寝癖はつく。仁子のような猫っ毛の場合ではあるが。

仁子は簡単に身なりを整えてから、一階に足を向けた。

階段を降りる前から、バターのいい香りがしていた。千聖は先にカウンター席についており、士郎はカウンター内に立っている。

「千聖から聞いた。喫茶店を休みにするってことは、今日決行する気か？」

挨拶もそこそこに、士郎が口火を切った。

「できるなら俺は賛成だ。未依の状況を考えれば、早ければ早いほどいいからな。表には臨時休業の張り紙をしてきた」

昨日の今日で早すぎると言われるかと思いきや、士郎の行動も負けず劣らず早い。

仁子が席につくと、すぐに大きめのプレートが置かれた。焼き立てのフレンチトーストにブロッコリースプラウトのサラダ、ジャーマンポテトがバランスよく配置されたプレートは、それだけで十分すぎるほど完璧なのに、脇にはコーンポタージュが並ぶ。

仁子は両手を合わせて「いただきます」と丁寧に言ってから、ナイフとフォークに手を伸ばした。せっかくの焼き立てを逃したら、士郎にもパンにも申し訳ない。

フレンチトーストにナイフを入れると、サクッとした触感のあとにふるふると柔らかな手応えがある。士郎の作るフレンチトーストは外はカリカリ、中はまるでプディングのようにしっとりとしていて、仁子はこれ以上美味しいものを食べたことがない。

ひと口頬張り、思わず目を閉じた。濃厚なバターと甘い卵の優しい味がバランスよく口の中に広がる。美味しいものを食べるとほっぺが落ちると表現することがあるが、本当に落ちてしまわないか心配になる。

「士郎、僕もおかわり。次は甘くないやつがいいなあ」

「チーズとハムでいいか？」

「いいね！　胡椒たっぷりめでお願いしまーす」

千聖はすでに一度食べ終えたあとのようだったけれど、まだまだ食べ足りないみたいだった。おかげで、仁子もゆっくりと朝食に集中することができる。さすがに、仁子ひとりの朝食のために待たせるのは気が引ける。

仁子が食べ終わるのに合わせたように千聖も食べ終え、食後の紅茶を出すと士郎もカウンターを出て仁子の隣に座った。

「さて、仁子が学校を休む必要がある理由を聞こうか」

基本的に、三朝家では学校に行くのも休むのも個人の自由とされている。休む場合にはその理由をプレゼンする必要があり、賛成票を反対票より多く集められれば、晴れて自主休校の権利が手に入る。

仁子は病気以外で学校を休んだことはないが、千聖と士郎のプレゼンは何度も聞いたことがあった。中でもよく覚えているのが、千聖の修学旅行欠席と士郎の入学式欠席だ。ふたりとも自分の軸がブレないので、両親も思わず唸っていた。

その兄ふたりに、仁子は昨日のうちにまとめておいた作戦を話し始める。

「さっきしろちゃんも言っていたけど、今回の作戦はなるべく早く実行する必要があると思う」

父や麗のことも気になるが、いまは幸太たち一家を助けることに全力を注ぎたかった。未依の精神的虐待が心配ということもあるが、その身柄がスグリの森に預けられてからでは、奪還が非常に困難になるというのが一番の理由だ。

スグリの森には防犯カメラが複数設置されているほか、職員は交代で子供たちに対応しており、二十四時間隙間なく誰かしらが起きている。施設の中を知っているからこそ、あそこで誰にも見つからずに二歳児を連れ出すことがどれだけ困難かもよくわかる。

幸雄の母親の発言から、未依は昨日、スグリの森の入学テストを受けたと思われる。さすがに昨日の今日で正式入園とはならないだろうから、おそらく入園までは一時保育を利用する。

スグリの森公式サイトによると、一時保育は午前九時から夕方四時まで。その後は延長保育となり、別途費用が発生するとあった。

昨日同様、未依は今日も夜九時までスグリの森に預けられる可能性が高い。ではどうやって未依を奪還するかというと、お迎えのタイミングを狙う。

幸雄には幸雄の母が、幸雄の母には幸雄が未依を迎えに行くと誤った情報を流し、どちらも迎えに行かないタイミングを作って奪取する。その時間は、延長保育に入る前の夕方四時が最適だと思われる。

一時保育の利用者が何人いるかまでは把握していないが、多くの子供が退園するタイミングに混じったほうがリスクは下がるはずだ。

「午後四時に迎えに行く作戦にするとなると、私が学校に行っていたら間に合わない」

だから、学校を休む必要があると言う仁子に、千聖は「続けて」と先を促す。

仁子は頷いてから慎重に言葉を選んだ。

今回盗むのは、人だ。失敗は許されない。

「未依ちゃんを幸太くんと玲奈さんのところに帰す。そして二度と玲奈さんたちが逃げなくて済むように、幸雄さんのほうから縁を切ってもらう。それが今回の最終目的」

「家族三人揃っても、根本的に縁を切らないと振り出しに戻りかねないもんね」

「うん。玲奈さんたちにはこの先、安心して暮らしてもらいたい」

「前半はわかるが、後半は可能なのか？」

「可能、だと思う。そのために幸雄さんの性格を利用する」

仁子が考えた作戦は、千聖と士郎の体質なくしては成り立たない。そこに頼り切った作戦なだけに、ふたりの全面協力が必要となる。そのため、無理があると言われたら根本から作戦を練り直す必要があった。

士郎に至っては、あまり人に体質を晒したくないのではないかと思っているだけに、難しそうならば別案を提案する気でいた。その場合は仁子が器具を用意する時間が必要になり、タイムロスが発生する。

しかし、仁子の心配を他所に、作戦を聞いた兄ふたりはどこか愉快そうな顔をしていた。

「仁子、声のサンプルは肉声のほかに電話を通したものも用意してほしい」

「僕は十時になったら服を調達しに行ってくるよ。顔はどうにかできても、士郎の私服じゃとてもあのパパには見えないだろうからね」

やる気あふれる返事に、仁子は唇が自然と笑みを形作る。

「それじゃあ、未依ちゃん奪還作戦、はりきっていってみよう！」

ハイテンションな掛け声に返事をしたのはマメだけで、千聖はがくりと膝をついた。やる気と覇気があるかは別だよね、と呟く千聖を慰めるように、マメは「わうん」と小さく返事をしていた。

午前十時、未依は予想通りスグリの森に預けられた。

ここから夕方の四時までが勝負だ。

幸雄の母親は未依を預けたあと、社交ダンスの教室へと意気揚々と出かけていき、夜の九時に未依を迎えにいく予定でいる。幸雄のスケジュールは午前中は主に会議、午後からは応援演説と後援会への挨拶周りになっている。

幸雄のほうから妻子と縁を切ってもらうために仁子が考えたのは、権力を利用することだった。

モラハラを行うような男性は、他人からのアドバイスなど聞く耳を持たない。だが、相手が自分よりも強い男性となると話が違う。自分よりも年上で立場が上の男性に言われたことは、驚くほど簡単に従うところがある。

仁子の実父をサンプルにし考えついた案ではあるが、モラハラに苦しめられている女性たちの情報を統合しても、同じような傾向があることは確認済みだ。

そこで仁子が目をつけたのは、幸雄が所属している『DV偽証を許さない』会だ。

あの団体には、幸雄よりも年配で地位も高い政治家が複数所属している。その中から幸雄と面識がある政治家を選んであった。

その政治家から幸雄に助言してもらうために、仁子は政治家の声のサンプルをできるだけ多く集める作業から始めた。士郎の注文通り、電話を通した声も拾わなければならない。政治家のものだけではなく、幸雄の声もサンプリングしておく必要があった。こちらは、士郎が直接聴きに行っている。いまが選挙期間中で助かった。これほど堂々と声を聞けることもそうそうない。

幸雄の声を把握し士郎が帰ってきた頃、千聖も大きな紙袋をぶら下げて帰宅した。

「パパ御用達のブランドでスーツ買ってきたよ。士郎、先に着替えちゃってくれる？　そのあとにメイク始めるから」

士郎がスーツに着替え終えたところで、仁子は集めた政治家の声サンプルをヘッドフォンと共に渡す。このヘッドフォンは、士郎がいつも使っているノイズキャンセラー機能がついたものだ。

「足りないようだったら教えて」

「わかった」

「士郎、こっち座って。ヘッドフォンしたままでいいから」

千聖に呼ばれ、士郎はヘッドフォンをつけたままおとなしく椅子に座った。意識はすでに耳にいっているようで、返事はない。

今回、表立って動くのは士郎なので、その分負担も多い。それを申し訳なく思いながら、仁子は次の準備に取り掛かる。

ひとつは玲奈への連絡だ。未依を取り戻したあと、速やかに玲奈に引き渡す必要がある。それまでにことの顚末(てんまつ)を把握しておいてもらわねばならない。だが馬鹿正直に話せば、娘が誘拐されると思われる可能性がある。

そこで、玲奈には怪盗から予告状を出すことにした。

遠藤の事件の際、怪盗の名前が公になった時はひやひやしたが、今回はそれが役に立つ。そこそこ大きなニュースとして取り上げられたので、玲奈も聞いたことくらいはあるだろう。

【若者の夢を取り戻した、怪盗MMM(スリーエム)】

幸い、MMMの名は世間に好意的に受け止められている。そのMMMから、『今日、娘をあなたの元に帰す』と予告状を出す。怪しさは十二分にあるが、心の準備くらいにはなるはずだ。ましてや娘を奪われた母親なら、疑わしいと思いながらも期待せずにはいられないだろう。

玲奈の勤務時間は午後四時までなので、未依をスグリの森から自宅まで送り届ける時間を考えると、玲奈の帰宅時間とちょうど合う。仕事後に自宅で待つようにとも、書き添えておいた。仕事など手につかないだろうが、いつも通り過ごしてもらわないと幸雄に勘付かれないとも限らない。

仁子が玲奈のスマホに予告状を出し終えたところで、柱時計が昼の十二時を知らせた。

いつもならば士郎の作るランチに舌鼓を打つところだが、今日はそんな時間的余裕はない。かと言って昼食抜きでエネルギー切れになっても困ると、士郎が朝のうちにおにぎりを用意しておいてくれていた。それを各々頬張りながら、準備を進めていく。

「しろちゃん、大丈夫そう？」

「あ、いま電話する？　ちょっと待って」

士郎の代わりに、メイクをしていた千聖が答えて脇に避けた。まだ途中のようだが、すでに士郎の顔は様変わりしている。

メイクだけでここまで顔を変えられるものかと感心しながら、仁子は士郎にスマホを差し出した。このスマホは特殊な仕掛けを施してあり、発信すると相手のスマホには指定した電話番号からの着信があったように見せかけることができる。

かける相手は幸雄の母親だ。

士郎は受け取ったスマホを一瞥してから、発信ボタンを押した。コール音が五回鳴ったところで、相手が出る。

『もしもし、幸雄？』

「母さん？　いま少しいいかな」

幸雄が聞くと、すぐに大丈夫だと返事があった。

「未依の迎えなんだけど、今日は僕が行くよ。早く上がれそうなんだ」

『あら。それはいいけど、九時までは預けておきなさいよ。早く連れ帰ってきても私は見てられませんからね』

幸雄の母親は六時には家にいるはずなのに、この言いようだ。未依が彼女の元でどんな扱いを受けているか、想像するのもつらい。

士郎はなおも幸雄の声で上手くかわし、電話を切った。ふう、とついた溜息は疲労のせいではなく、未依の置かれた状況を思ってのことだろう。

「これで未依ちゃんをおばあちゃんが迎えにくる心配はなくなったわけだ」

四時になったら幸雄に扮した士郎が、スグリの森へ未依を迎えにいく。

「士郎と柳城の背格好が似ててよかったよ。顔はどうにかできても、背ばっかりはごまかせないからね」

再びメイク道具を手にしながら千聖が言う。

「次は幸雄か。仁子、タイミングが来たら教えてくれ」

仁子は頷いてから、すぐにドローンの操作に移った。幸雄の行動を把握するためだ。

幸雄はまだ応援演説の最中のようだった。出番が終わり、移動をする車に乗り込んだら電話をかけるつもりだ。

「しろちゃん、乗った」

士郎は頷き、先ほど使ったスマホで、今度は幸雄に電話をかける。発信者名は例の政治家になるように設定してある。

ドローンのカメラは、車の中で慌てたように電話に出る幸雄を捉えていた。

「柳城くんか」

士郎が政治家の声で言うと、幸雄が頭を下げる様子が画面に映る。

『はい、柳城です。先生、どうかされましたか？』

問題なく信じたことに、仁子は心の中でガッツポーズを取った。

「あまり時間がないから単刀直入に言おう。妻子は諦めたまえ。娘も、奥さんに返すように」

スピーカーホンにしたスマホから、動揺を隠せない幸雄の声がする。

『は、あ、いや、それはまたどういった……？』

「きみの奥さんだが、中上(なかがみ)先生の親戚だそうじゃないか。君、困るよ」

『うちのがですか⁉　いや、そんなはずは……』

「私が間違った情報をつかまされたとでも言う気かね」

『いえ！　滅相もございません。しかし玲奈は両親もすでに他界しておりますし』

「君の奥さんには、私のほうから娘を迎えにいくように連絡を入れておく。いいね？」

『待ってください！　それでは私の立場が』

「君」

どすの利いた声に、幸雄が息を呑(の)む。

「私の顔に泥を塗るつもりじゃあないだろうね」

『っ……そんなつもりでは……』

「中上先生の不興を買えば、立場どころではない。それがわからない君でもないだろう」

『……それは、はい……』

「わかったなら、これ以上妻子を追いかけ回すのはやめるように。ああ、そうそう。今日にでも離婚届けを書いて送っておきなさい」

『り⁉　離婚届けですか⁉』

幸雄の声は完全にひっくり返り、震えている。

『それはさすがにあまりにも急と申しますか……』

「バツのひとつやふたつ、どうとでも見せられる。それとも、政治家生命よりも妻子が大事かね」

仁子はハッと士郎の横顔を見た。

士郎には、話すセリフを用意してあったわけじゃない。話すべき要点を伝えただけで、あとはその政治家らしい説得の仕方で、幸雄に妻子を諦めさせてもらう手筈だった。実際、士郎の口調は仁子がサンプルで集めた政治家そのもので、セリフも言いそうなことばかりだ。

でも最後の質問は、士郎が幸雄にかけた情けなのではないかと思ってしまう。ここで、妻子のほうが大事だと言ったら――。

『……わかりました。今日中に離婚届けを送っておきます』

賽は投げられた。幸雄は、投げられたロープを自ら捨てたのだ。

電話のあと、士郎の沈黙を取りなすように千聖が言う。

「今日、実行してよかったねえ。パパ、とっくに玲奈さんの引越し先の住所、わかってたみたいだし」

言われてみて気がついた。送っておけ、と言われて、幸雄は送り先がわからないとは言わなかった。すでに住所を知られていたとなると、いつ幸雄が玲奈に接触を図ってもおかしくはなかった。

「さて、仕上げにかかろうか」

千聖のメイクにより、士郎は幸雄そっくりに仕立て上げられた。幸雄とさして親しくない間柄なら、簡単に騙せるだろう。

しかし、今回の相手はスグリの森の職員だ。保育者たちは幸雄の顔を確認できる資料を手元に置いているだろう。そのため念には念を入れて、士郎にはマスクをつけてもらった。顔の半分が隠れてしまえば、写真と見比べようと騙し切れるだけのクォリティーがある。

士郎がスグリの森の施設内に入っていくのを、仁子と千聖は離れた場所に停めてある車の中で待つ。施設の周りには駐車場などがなく、怪しまれないためにも少し離れるしかなかった。

「……しろちゃん、大丈夫かな」

変装がバレて捕まったりしたらと思うと気が気でない。千聖のメイクの力は信じているけれど、相手が実の娘となるとどうだろう。偽物だとバレてしまうのではないか。仁子は血の繋がりにさしたる重きを置いてなどいないけれど、そこに何かあるのではないかと思ってしまうこともある。

「大丈夫でしょ。僕の弟だよ？」

千聖はなんの心配もしていないように、朗らかに笑う。その自信の源が、自分のメイクの腕ではなく、士郎だからというところが千聖らしい。

「……そっか。そうだよね。しろちゃんだもんね」

「そうそう。あの士郎が失敗するなんて想像できないよ。お……噂をすれば」

ほら、と千聖が目を細めた。そのチェシャ猫のような笑みの先に、こちらに向かってくるスーツ姿の男性がいる。その腕には、小さな女の子が抱っこされていた。

「しろちゃん！」

急いで車を出て近寄ると、未依が首を傾げる。

「しろちゃんってだあれ？」

そうだった。いまここにいるのは幸雄なのだった。ごまかすように、仁子は未依に話しかける。

「未依ちゃん、これからお母さんのところに行ってもいい？」

未依がおとなしく幸雄に扮した士郎に抱かれているものだから、パパのほうがいいと言われたらどうしようと、一瞬頭を掠める。あんな父親でも、娘には好かれている可能性がなくはない。

しかし、そんな心配は必要なかった。未依はお母さんと聞いた途端顔を輝かせ、腕を突っ張って士郎の腕から降りようとした。

「おかあたんがいい！　おかあたんのとこいく！」

「あはは。そうだよねえ。早くママのところ行こうね。幸太くんも待ってるよ」

鮮魚と化した未依を士郎が苦労して抱きかかえているのに、千聖は目に涙を浮かべて笑っていた。

未依を玲奈に引き渡す役目は、真優にお願いした。

仁子たちが顔を出せば、怪盗が名乗りを上げるのと同じになってしまうからだ。さすがに、真優がＭＭＭの正体だとは思わないだろう。

真優が未依の手を引いて、幸太の家のインターフォンを鳴らす。その様子を、仁子たちはすぐ前の駐車場から眺めていた。

「未依……っ！」

ドアを開けてすぐに玲奈が飛び出し、幼い娘を抱きしめる。未依はついさっきまでにこにこだったのに、母親を見ると安堵から大声で泣き出した。その幼い声は駐車場までよく響いている。

あとから出てきた幸太も、泣きながらその輪に加わった。それを眺める真優の心情が少し気になったけれど、真優はこちらを見てにっこりとVサインを寄越した。仁子の心配など、余計なお世話なようだ。

「幸太のママ、明日か明後日に大事な書類が届くから、受け取ってね。それが届いたらもう大丈夫だよ」

「大事な書類……？」

「うん。緑色の枠があるやつだよ」

真優に言われて、玲奈は目を瞠る。それが離婚届けを指しているとわかったのだろう。

「真優くん、あなたは一体……」

「真優はあのMMMと友達なんだって」

真優の代わりに、幸太が嬉しそうに言う。「そうだよね」と同意を求められて、真優も笑顔で頷いた。

「ぼくも助けてもらったんだよ。よかったね、幸太くんのママ」

「……そう。それで」

すべてに納得したわけではないだろうが、玲奈はそれ以上詮索しようとはしなかった。

それだけで十分だというように、腕の中の未依と幸太を抱きしめる。

未依を無事に玲奈の元に返すことで、仁子は自分に取り憑いていた過去の亡霊の姿が薄くなったような気がした。

本音を言えば、幸雄には社会的な制裁を負わせたかった。玲奈を追い詰め、幸太と未依を苦しめた罪を、彼はその身をもって受けるべきだ。受けさせることも、できた。

けれどそれは結局、仁子の自己満足でしかない。それも、正義を笠に着て、誰かのためと言いながら過去の自分ができなかったことをやりたいだけ。そんなことをして、万が一にも玲奈たちが逆恨みをされたら目も当てられない。

正しい家族の元に、未依を返せた。それだけで、動いた価値はある。

それに、仁子たちの本来の目的は別にある。

感動の再会が落ち着いた頃、真優がおもむろに口を開いた。

「幸太のママに、聞きたいことがあるんだって」

「え？　誰が……？」

「電話に出ればわかるよ。幸太、未依ちゃん、遊ぼ！」

子供たちが元気よく公園に向かったのを見届けてから、仁子は電話を鳴らした。家の電話の鳴る音に、玲奈は子供たちと電話とどちらに対応すべきか悩むそぶりを見せる。取り戻したばかりの娘と離れるのは不安なのだろう。

見かねた士郎が、「真優、母親が心配してる。見えるところにいてやれ」と普通の音量で言う。すでに駆け出していた真優がぴたりと止まった。

「幸太のママ、大丈夫だよ。ぼくたち家から見えるところで遊ぶね」

そう呼びかけ、真優が幸太と未依を先導して戻り、マンションの前で遊び始める。それを見て、ようやく玲奈が鳴りっぱなしの電話を取りに家に入った。

『……もしもし？』

こわごわとした声に、ボイスチェンジャーを通して応える。

「玲奈さんですね。MMMです。あなたにお聞きしたいことがあって、連絡させていただきました」

息を呑む音のあと、『私で答えられることなら』と返事があった。

恩を売ってから答えさせるのはフェアではない気がしたが、仕方ない。仁子たちが幸太を調べることになったのも、元はといえば目的はこちらにあったのだ。

「あなたはスグリの森に勤めていましたね。そこで働いていた、三朝真佐美（まさみ）を知っていますか？」

返事があるまでは数秒の沈黙があった。

『少しだけ、待ってもらえますか』

何事かと思っていると、電話越しにテレビらしき音声が聞こえてくる。

『すみません、ここからは小声で』

仁子は眉をひそめた。玲奈は、誰かにこの会話を聞かれることを恐れている。

それを言及する前に、ボリュームを絞った玲奈の声が聞こえた。

『……旧姓が廿楽（つづら）真佐美さんのことなら、知っています』

当たりだ。母を知っている人に、初めて出会う。興奮に慌てそうになる仁子を、千聖が落ち着くようにと手振りで示した。

『直属の上司ではありませんでしたが、何かとお世話になりました』

自分たちの知らない、母の顔。〝上司〟という単語と、あの快活な母が上手く結びつかなくて少しくすぐったい。

「では、Gリストについては何か知っていますか？」

『リスト、ですか……？　それは知りません』

落胆しかけたが、でも、と玲奈が続ける。

『Gと略されるプロジェクトがあったことは知っています』

私は平の職員だったので詳しい内容までは知らないが、と前置いてから、玲奈が教えてくれたことはこんなことだった。

Gプロジェクト――Gifterプロジェクトは、特別な才能を持つ子供たちを育成および養成するためのプロジェクトだという。そのプロジェクトの責任者が、廿楽真佐美。つまり仁子たちの養親である三朝真佐美だった。

スグリの森には軸が二つあり、ひとつは才能（ギフト）を持ったが故に家庭に行き場を失くした子供たちの受け入れ、育成。

もうひとつは親や祖父母といった肉親の希望で、才能を開花させるために入れられる子供たちの養成。

元々ギフトを持った子供たちは、【0】（ニヒル）と呼ばれ、そのギフトを最大限伸ばす育成プログラムを組み、大切に育てられる。

希望して入園した子供たちは【1】（ウーヌス）と呼ばれ、あとからギフトを持たせられるよう、いわゆる才能探しに注力し、教育される。

後者のグループは高額な養育費用を必要とし、その収入によってスグリの森の経営は成り立っていたのだと思うと玲奈は語った。

スグリの森は、あの頃の仁子の世界のすべてだった。あそこに入っていなければ、いまの仁子は存在しない。幼い自分を慈しみ、三朝という家族をくれたスグリの森には感謝の念しかない。しかしいま、その思い出の場所は違う顔を見せ始めていた。

「母がそんなことを……」

ぽろりと漏れた呟きは、しまったと思った時には玲奈に拾われていた。見守っていた千聖は肩を竦め、士郎は微苦笑を零す。言ってしまったものは仕方ないから開き直れ、といった態度だ。

『……もしかして、あなたは甘楽さんの息子さんですか?』

はいと言うわけにもいかず、沈黙を守る。玲奈はそれを肯定と取ったらしく、そうですかと吐息をつく。

『甘楽さんのこと、心からお悔やみ申し上げます。息子さんということは、スグリの森の出身ですね』

玲奈は母の死を知っていた、それにスグリの森の子供を引き取ったということも。息子、と言ったということは、仁子のことまでは知らないのかもしれない。

少しの間が空いた。こちらの返事を待っているというよりは、何かに迷っているような間だった。

何かリアクションを起こすべきかと思ったが、それには及ばなかった。

『……これから話すことは、あなたの胸の中にしまっておいてください。確かな証拠は何もない話です。無責任な噂話だと思って、話半分に聞いておいてください』

何重も保険をかけるような物言いに、自然と緊張感が高まる。三人の視線が交差し、ほどけていく。

噂の出所もわからない。もしかしたら、スグリの森をよく思っていない人による嫌がらせだった可能性もあると玲奈は言った。世の中には、誰かを攻撃せずにはいられない人種が一定数存在するものだ。

『廿楽さんは亡くなる少し前から、明らかに疲弊していました。忙しいせいだろうと思っていましたが、いま思えば精神的な疲労だったのかもしれません』

玲奈がスグリの森を退職したのは五年前、母が亡くなったのも五年前。

五年前と言えば、仁子はまだ中学生で、母は毎日仁子のためにお弁当を作ってくれていた。疲れている、と思ったことなどあっただろうか。記憶の中の母はいつも笑っている。

『プロジェクトの進行が上手くいっていなかったのかもしれませんし、別の理由だったかもしれません。細かいことまではわからないのでなんとも言えませんが、その頃から嫌な噂を聞くようになりました』

その噂というのは、スグリの森は子供を売る計画を立てているというものだった。

『スグリの森には、才能あふれる多くの子供たちがいました。その子供たちの中から誰を引き取るのかを、養い親が選ぶ権利を売るという噂でした』

特別養子縁組制度では、親は子供を選ぶことができない。意思疎通ができない幼い子供に関しては逆も同様だが、ある程度の年齢の子供の場合は面談を繰り返して相性を見てからの縁組となる。

それを、初めから親に選ばせようというものらしい。ようは、好みの才能を持つ子供をお金で買うのだ。

『本当だとしたら、とんでもない話です』

自身も幸太を養子にしている玲奈の声は、怒りからか震えていた。

『子供はみんな、幸せになる権利があります。それを親がお金で勝手に決めてしまうなんて』

お金を出して子供を買うような人々がどういった人種なのかは、わからない。もしかしたら、中には良い親になる人も存在するかもしれない。けれど玲奈は、子供を買うという行為に嫌悪感を抱いているようだった。

仁子も、ある種の人身売買を好意的には受け止められないが、それよりも気になることがあった。

「売るほど、人数がいたんでしょうか」

え？　と玲奈が聞き返す。

「スグリの森はギフトを持つ子供を多く受け入れていたということですが、売るとなると、仕入れが必要になりますよね？　でも定期的な仕入れが見込める話でもないはずです」

子供を売るという行為は、表沙汰になれば大問題となる。子供の人数を考えると、そんなリスクを犯すほどのメリットや収入があるようには思えなかった。

『ええ、おっしゃる通りです。そこで1の子供たちです。ウーヌスのうち、親がお金を払って入園させた子供は、一部だという噂がありました。その大半は、身寄りのない子供だと。……おかしいとは思ったんです。だって、生まれてまもない新生児のベッドが並んでいるのに、母親の面会を見たことがなかったんですから』

玲奈は0の育成班に所属していたので、直接ウーヌスの子供たちと接したことはないらしい。施設内はそのふたつのグループを厳密に区分けしていたらしいが、職員は行き来をすることもあり、その際に産婦人科の新生児ルームのような部屋を見かけたという。

また、ニヒルにはひとりに付く担当職員が決まっており、担当以外のニヒルとはできるだけ接しないようにという決まりもあったらしい。

そういえば、仁子の面倒を見てくれていた職員は、いつも決まった人たちだった。数人いたので、あまり担当だとかそういったことまでは気づかなかった。

人工的に才能を開花させられた子供たち、ウーヌスをスグリの森は商品として売り出していたのだろう、と玲奈は言う。あくまで噂だと主張していたはずなのに、確信しているような口ぶりだった。

『それから間もなく、スグリの森でひとつの騒ぎがありました』

それは、Gプロジェクトに属する子供たちの名簿が外部に持ち出されたというものだったという。

『廿楽さんの訃報が入ってきたのは、それからすぐのことです』

ふたつのことに因果関係があるかまでは、玲奈は言及しなかった。けれど、母の死は大々的に施設内で発表されたらしい。それを見せしめだと感じる職員は多かったのではないか。

『夫が……娘をスグリの森に入れると言い出した時に、離婚を決意しました。幸太をあそこに戻すつもりもありません。あそこにはお世話になりましたし、幸太と家族になれたことは感謝しています。でも、今後関わりたいとは思いません』

玲奈の聞いた噂が本当なら、幸太を養子にするのに買う必要があったはずだ。しかも幸太はニヒルに属しているから、商品価値もより高いと思われる。その点を聞くと、重くなっていた玲奈の口調が少し柔らかくなった。

『本人には言えませんけど、幸太は養子の話がある度に面談をして上手くいかなかった子なんです。私にはすごく懐いてくれたんですけど、他の職員も手を焼いていて。私にとっては幸運なことでした』

売れ残り商品扱いだったのだと言って笑う玲奈の声は明るい。幸太も未依も、玲奈にとってはどちらも同じ大切な宝物なのだとわかり、ほっとした。家族は血の繋がりだけじゃないと、改めて確認できたようで。

『幸太を養子にしたらどうか、と勧めてくれたのも、廿楽さんでした。そのために必要な施設での手続きもやっていただいて……本当に感謝しています』

売れ残りだったから無料だったという玲奈の話に、ふと思う。母が、何かしたのではないだろうか。たとえ扱いづらい性格だったとしても、幸太のギフトを欲しがる人はたくさんいそうなものだ。それに、本当にギフトを持つ子供を売っていたのだとしたら、千聖、士郎、仁子はどうやって三朝家の養子になったのかという問題も出てくる。そこにもまた、母の手が加えられていると思うのは勘繰りすぎだろうか。

けれどその疑問もまた、玲奈が解いてくれることとなった。

『私はスグリの森で行われていた定期テストの記録をする係をしていました。その際、何度か特定の子供の結果が操作されているのでは、と思うことがあったんです』

数値をいじられていたのは、どれも毎回満点近い点数をはじき出す子供のものだったらしい。玲奈は機械の不具合かと思い上に報告を上げようと思ったが、しなかった。その頃から黒い噂を耳にするようになったからだ。

また、定期テストで一定以上の点数を収め続けた子供のナンバーは、別途記録する決まりがあったらしい。それを聞いた時、頭の中に〝合格ライン〟という言葉が浮かんだ。合格ラインに達した子供は、商品として登録（別途記録）される。点数操作は、子供を商品にさせないための策だったのか。

その後、玲奈は担当を外れて母と繋がりがなくなったので、実際のところまでは確認できなかったらしい。

『廿楽さんがスグリの森から養子を迎えられたと聞いた時、思ったんです。廿楽さんは、商品にされる危険性の高い子供を逃したんじゃないかって』

テストの記録はしていても、子供たちは番号で管理されていて玲奈には誰が誰だかわからなかった。だから、それが合っているのかもわからない。

『私がお話できるのは、これくらいです。……余計な疑問を抱かせてしまったらごめんなさい。あなたには本当に感謝しています。娘を取り戻してくださってありがとうございました。これからは三人で、静かに暮らしていきたいと思います』

――あなたの未来が穏やかなものであることを祈っています。

仁子が何も言えずにいる間に、通話は切られていた。

穏やかな未来。母がいて、父がいた時はまさにそんな毎日だった。その日々は、誰かに奪われたものだったのだろうか……。

夜、喫茶ルームには蓄音機から音楽が流れていた。曲はガブリエル・フォーレ作曲レクイエムより『Agnus Dei』、日本語では『神の子羊』と名付けられた曲だ。

厳かな曲調に、コポコポとサイフォンの中でお湯が沸く音が混じり出す。仁子は暖炉の前の椅子に座り、じっと揺れる炎を見つめていた。その足元では、マメが気持ち良さそうに寝息を立てている。

千聖はカウンターの中に立ち、沸騰するお湯を見つめ、士郎は窓の外を眺めているようだった。誰も、何も、話さない。

今回、リストについてわかったことは多い。同時に、スグリの森の知られざる一面も浮き彫りになった。仁子はまだ、その事実を受け止めきれずにいる。あの場所を安全地帯だと思えたのは、害が及ぶ前に三朝の家——母が——助け出してくれたからなのか。被害に遭っていないからでしかないが、スグリの森が子供を売り飛ばしていたなんて考えたくはない。

「……なーんか、困ったね」

口火を切ったのは千聖だった。サイフォンの中のお湯が沸騰しすぎてなくなってしまう前に、珈琲を煎れることにしたらしい。

「これからどうしようか」

それは、全員が考えていることだろう。

父を探すために始めたことだ。それが、思いもよらぬところで母の過去やスグリの森について探ることになってしまった。

「気づいてた？　玲奈さんは母さんのことをずっと廿楽さんって言ってた。けどさ、母さんと父さんが結婚したのって、僕を引き取るより前だったはずだよ。どうして、勤め先で苗字を変えなかったんだろうねえ」

結婚をしても、職場では旧姓のまま通す人もいるとは思う。母の場合はどうだったのだろう。三朝を名乗ることに、何か問題があったのではないかと勘ぐってしまう。

「俺も気になってることがある」

士郎が窓際を離れ、暖炉の前に立った。窓辺の冷たい空気が、ふわりと仁子の頬を撫でる。

「真優のことだ。……玲奈の話と照らし合わせると、真優はウーヌスの子供だってことだろう」

祖父が通わせたと真優自身も言っていたから、それは確かだろう。

「真優のギフトは……俺と似ている。同じだと言っても差し支えがない。ウーヌスの子供たちはギフトを探して育成すると言っていたが、偶然だと思うか？」

才能とひと言に言っても、多種多様なものが存在する。その中で、士郎の体質は広く知られているような、いうならばメジャーな才能とは違う気がする。才能を伸ばすにしても、選ぶならもっとわかりやすいものを選ぶんじゃないかと士郎は言う。

「それは僕も同感。……真優くんには失礼な話になるかもしれないけど、彼のギフトって言っていいのかな？　あれは、士郎の劣化版なんじゃないかな」

「Gifterプロジェクトは、幸太の母親が想像しているものとは少し違うような気がする」

「劣化版？」

「そう。真優くんは、意識して聴こうとしない限り聴こえてないみたいなんだよね。士郎は意識無意識関係なく、聴こえてきちゃう体質でしょう？」

千聖は、真優の体質がどんなものか知りたくて、何度か試したのだと言う。もちろん、真優に了承を得て。

「声真似にしてもそうだ。真優くんはまだ子供だからっていうのもあるだろうけど、士郎ほど完璧にできてないよね。そういうことも踏まえて思うんだけど、ウーヌスの子供たちはそれぞれの特性に合った、誰かのギフトを持たされてるんじゃないかな」

つまり、真優は士郎のギフトのコピーだと言いたいのだろう。白い羊に黒いペンキを塗っていく様を、仁子は脳裏に思い描く。

「まあ、全部僕の想像に過ぎないけどね」

でも、と千聖は言葉を切った。

ウーヌスの子供たちがニヒルの子供たちのギフトをコピーさせられているとしたら。大量に生産されていくコピーギフトを持った子供たちを想像し、背筋が寒くなる。仁子は二の腕を軽くさすった。

「玲奈さんの話からすると、GリストがGifterプロジェクトの対象となった子供たちのリストだってことは間違いなさそうだよね。で、それを持ち出したのは母さんで、その母さんはリストを持ち出したあとに事故に遭った。偶然にしちゃできすぎだ」

玲奈が気にしていた人の目は、おそらくスグリの森だろうと千聖は言う。母の死が大々的に施設内で公表されたことからも、Gプロジェクトに関わった職員にはなんらかの監視がついている可能性がある。それを、玲奈は恐れていた。

「そこで父さんだ。父さんは母さんの事故について熱心に調べてたよね。普段のんびりした人ではあったけど、頭のいい人だったしツテも多かった。何かしらの証拠を摑んでたとしても不思議はない。それをスグリの森に知られたから……」

「姿を消した、と？」

「可能性としてはありそうでしょ？」

「じゃあ、お父さんもお母さんみたいに……？」

再び沈黙の幕が降りようとした時、喫茶店のドアがノックされる音がした。人の気配に気づいていたらしい士郎が、すぐに応対に出る。

「真優……どうした？」

ドアの向こうには、真優が俯いて立っていた。時計は夜の十一時を回っている。子供が出歩くには遅い時刻だ。

「ひとまず入れ。話はそれからだ」

真優の顔色が悪いことに気づいた士郎が、すぐに暖炉の前に真優のための席を用意した。真優は唇を一文字を引き結んだまま、その席に座った。その膝に、いつの間にか起きたらしいマメが飛び乗る。

「ママ……」

コップにいっぱいになった水が最後の一滴で溢れ出したみたいに、真優の瞳から透明な雫が零れ落ちた。ただごとではない空気に、千聖もカウンターを出て暖炉に集まる。

「……何があったの？」

仁子が聞くと、真優はすんっと鼻を啜ってから話し始めた。

「ぼく、またスグリに入ることになるかもしれない」

「どういうことだ」

「聞いちゃったんだ」

夜、真優が寝ていると、珍しく両親が揃って何かを話していた。気になって聞き耳を立てたところ、真優をどうするかという話を始めたという。

『いくら出すって？』

『まだわからない。一度試験を受けてもらわないとって言われた』

『なんだそれ。向こうから言ってきたくせに』

『額が額だから下手なことは言えないんでしょ』

初めはなんの話だかわからなかったが、話が進むにつれて、それが自分の話だとわかってきた。

「ぼくは成功例だからスグリで経過を見たいって。成功ってなんの？」

どうやら、スグリの森から真優を引き取りたいと申し出があったようだ。

「スグリは嫌いじゃないよ。でもあそこに行っちゃったら……」

真優の視線が、膝の上のマメに落ちた。

施設に入るとなると、マメの散歩のためにここに通うことはできなくなるだろう。距離的な問題もあるが、あそこでは外出の許可がなかなか下りない。

真優は不意にぐいぐいと涙を手の甲で拭うと、マメを抱っこして立ち上がった。そして、勢いよく頭を下げる。

「ニコお姉ちゃん、士郎お兄ちゃん、千聖お兄ちゃん。……ぼくを怪盗の仲間に入れてください」

慌てて頭を上げさせると、真優は目にいっぱい涙を溜めていた。

「お兄ちゃんたちは、ぼくみたいな子供を助ける正義の怪盗なんでしょう？ ぼくにも、そのお手伝いをさせてください」

幸太の件では、真優の協力のおかげで助かった部分はたくさんある。真優の言う通り、今後もGリストおよびGifterプロジェクトを調べていくのなら、真優がいてくれて助かることは多いだろう。

けれど、真優はまだ小学四年生だ。まだまだ大人の庇護(ひご)が必要な年の子供に、手伝わせるようなことではない。それに、スグリの森が父と母の生死関わっているのだとしたら、この先自分たちにも危険が及ばないとも限らない。

「……ぼくはまだ子供だけど、役に立てることだってあるよ」

何も言えずにいる仁子たちに、真優は重ねて言う。

きっと、真優はここに来るのにも思い悩んだことだろう。断られる可能性が高いこともわかっていて、それでもやって来た。自分の居場所を守るために。

仁子たちも、このまま真優がまたスグリの森に入れられるのを黙ってみていたいわけじゃない。

「ちーちゃん」

仁子が促すと、千聖はわかっていると笑った。

「三朝家三兄妹、Lets vote! 今後も怪盗業を続けていきたい人は？」
一、二、三票。満場一致で可決。
「真優くんを仲間にすることに賛成の人は？」

真優が両手を胸の前で組み合わせ、ぎゅっと目を閉じた。

「オーケー。それじゃあ、真優くんを正式に怪盗一家に迎え入れます」

「いいの⁉」

目を開けた真優の前には、三本の手が上がっていた。

「真優くんにもMがついてるしね」

ありがとう、と真優がようやく笑顔を見せる。マメも嬉しそうに尻尾を振っていた。自分も当然仲間に入るものだと主張するように「わふわふ」と手をバタバタさせている。

「マメの散歩要員がいなくなるとうちとしても困るしな」

士郎も乗り気で、真優の頭に手を載せた。

「大丈夫。真優くんはもう私たちの家族だよ。遠くになんて行かせない」

仁子も力強く言うと、千聖が「そうそう」とあとを受ける。

「まずは真優くんがスグリの森に戻らなくてもいいようにしないとね」

千聖の頭の中には、すでにその算段ができ上がっているらしい。

「何か案があるのか？」

「いまのところはふた通り考えてるよ。ひとつは、スグリの森からいらないと言わせる方法。もうひとつは、ご両親にスグリの森に入れるのは惜しいと思わせる方法」

「それってつまり……再入園のテストでわざと不合格になるか、真優くんを手元で育てたほうが今後メリットがあるとご両親に思わせるか、ってこと？」

「さすが仁子、よくわかってる」

真優にとってどちらがより良い未来へ繋がっているかから考えよう、ということで話はまとまった。

「それからもうひとつ。今後何をするにしても、必ず全員の気持ちは確認していきたい。ここにいる四人……と一匹が、全員『正しい』と信じた時だけ、動く」

正義は、見方ひとつで簡単に姿を変えてしまう。善悪の重さを量る天秤など意味をなさない。自分たちが、どう見るかにかかっている。

それはまるで、太陽の光と蠟燭（ろうそく）の灯（あか）りの前では姿を変える、アレキサンドライトのようだと思う。

だからこそ、仁子たちは誓う。

全員の見ている景色が同じ色になった時のみ、正義の怪盗になろう、と。

「いい？　約束だよ」

千聖が差し出した手のひらの上に、士郎が手を重ねた。ついで真優がマメと一緒に手を出す。仁子も、みんなの手の上に自分の手を重ねた。

「約束する」

Gリストの謎が解ければ、父の行方がわかるのではないかと思っていた。しかし探って見えきたのは母の過去とスグリの森の黒い一面――。この先さらにGリストを追うことで、スグリの森は仁子が知っているものとは大きく姿を変えてしまうかもしれない。けれど、父の行方、そして母の死の真実を明らかにするまで、自分の正義を信じて進むしかない。

誤った正義を振りかざさぬよう、家族で手を取り合って。

朝になったら、またいつもと変わらない日常がやってくるだろう。こんなにも日常とかけ離れた出来事が押し寄せていても、時間だけは誰の上にも平等に流れていく。

喫茶モーニングの中庭では、ひっそりと紫のアネモネが芽吹いていた。

――あなたを信じて待つ。

春に花を咲かせるこの花を家族揃って見られるかは、神のみぞ知る。

了

本作品は書き下ろしです。

本作品に関するご意見、ご感想などは
〒101-8405
東京都千代田区神田三崎町2-18-11
二見書房 サラ文庫編集部 まで

アレキサンドライトの正義（せいぎ）
～怪盗喫茶（かいとうきっさ）は営業中（えいぎょうちゅう）～

2021年 6月10日 初版発行

著者 狐塚冬里（こづかとうり）

発行所 株式会社 二見書房
東京都千代田区神田三崎町2-18-11
電話 03(3515)2311 [営業]
03(3515)2314 [編集]
振替 00170-4-2639

印刷 株式会社 堀内印刷所
製本 株式会社 村上製本所

落丁・乱丁本はお取り替えいたします。
定価は、カバーに表示してあります。

ISBN978-4-576-21067-4
https://www.futami.co.jp/sala/